かみつく二人

装幀　和田誠

あなた、また映画にご出演されたらしいですね。——清水
映画「犬神家の一族」に出ることになりました。——三谷

清水　今、事務所のみんなで久しぶりに旅行に行こうかって話が、出てるんですよ。
三谷　いいじゃないですか。
清水　「海外に行ったことがない」ってスタッフもいるんで、「海外にしようか」って言ったら、別の一人が「私、紫外線にすごく弱いんで南の島は嫌だ」って。「じゃ、アジアにしようか」ってことになったらもう一人が「アジアは暑いんじゃないか」って言い出したわけ。それでまぁ、アジアもなしになって、今、北海道か沖縄か悩んでるんです。
三谷　その間、猫は預けるの？
清水　えっ、二泊ぐらい平気だって書いてあったよ。
三谷　本当に？　うちはどうしても家を空《あ》けなきゃいけない時はペットシッターさんに——。
清水　え、もちろんペットシッターさんはお願いしますよ。餌《えさ》とトイレをやってくださるんでしょ。
三谷　ああ、そういう人がいるなら大丈夫ですよ。ほったらかしかと思った。
清水　でもペットシッターさんが来たってあとは一人ぼっちでしょ？

三谷　うちはね、ほかにも動物がいっぱいいるから、彼らなりに和気あいあいとやってますよ。
清水　三谷家は動物王国だもんね。全部で四匹だっけ？
三谷　はい。
清水　まっ、そういうわけで私の旅行はこれからの楽しみなんですけども。三谷さんは当然この夏はどこも行かない？
三谷　今年どころか、夏にどっか行ったなんて記憶はここ数年ずっとないですね。
清水　本当に遊ばないね。
三谷　もう、夜遊びもしないし、昼間も遊ばないですからね。ただ飛行機は大好きですよ。あのね、今ＪＡＬの半券二枚持っていくといろんなサービスが受けられたりしますからね。ぜひ皆さん、ご利用ください。
清水　そうそう、空港に三谷さんのでっかいイラストがありますよね。
三谷　和田さんのでしょ？　良かったですよ、和田さんの絵にしていただいて。あれ僕の顔写真になってたかもしれないんですからね。
清水　（笑）それってちょっと辟易《へきえき》するでしょ。
三谷　利用するみなさんに申し訳ないですよ。
清水　そんなこと言いながら、あなた、また映画にご出演されたらしいですね。
三谷　映画「犬神家の一族」に出ることになりました。

清水　佐清《すけきよ》？　それとも佐武《すけたけ》？
三谷　まだ僕はそこまでの俳優じゃないから。
清水　（笑）あれ、そういうものなの？
三谷　佐清はだって、主演に近いですよ。
清水　えっ、私、できるよ。高三の時、ほとんど完璧に佐清になれたけど。
三谷　まぁ、みんな真似はしましたよね。
清水　「お父さん……」
三谷　あおい輝彦さんでしょ？
清水　そうそうそうそう。
三谷　今回、佐清は違いますけど、金田一耕助は、石坂浩二さんがそのまんまやってるし、あと前の時に神主さんの役で出られた大滝秀治さんが、三十数年経《た》ってまた同じ役で出てらっしゃるんです。
清水　大滝さん、すごいね。キンチョウのCMとかでも、面白いもんね。
三谷　おかしいですよね。全然、変わってらっしゃらない。
清水　「犬神家」のお母さんって、誰だっけ？
三谷　高峰三枝子さん。
清水　あと島田……島田……。
三谷　島田陽子さんの役を今回は松嶋菜々子さんがされるんです。

清水　なるほど。
三谷　僕の役は前回は、すごい方がやってらっしゃった役なんですよ。
清水　誰だろ。
三谷　金田一耕助が泊まるホテルの主人。前は、誰がやったかっていうと……。
清水　あれだ、三木のり平だ！
三谷　惜しい。三木さんもホテルの主人なんだけど、佐清っていうか、あおい輝彦さんが泊まった宿屋の主人が三木のり平さんなんですよ。
清水　（笑）あの驚愕《きょうがく》した顔はこっちまで怖くなったわ。
三谷　そうそう、よく覚えてますね。僕の役はそっちじゃなくて、金田一耕助さんが泊まってるほうのホテルの主人。前作ではそこで働いてる女の子が坂口良子さんだったのが今回、深田恭子さん。で、主人は前、誰がやったかっていうと原作者の横溝さんが特別出演でやってらっしゃった。
清水　へぇ～、それは覚えてないですね。
三谷　ある意味、大役ですよ。その役を突然、「やらないか」って言われて。
清水　気が楽って言うとあれですけど、ちょっとお邪魔しようかなって気になる役ですね。もう少しストーリーに関係あると、「いえいえいえ、滅相もない」って気にもなりますけど。
三谷　まぁ、佐清でもやってたと思うんですけどね（笑）。どんな形であれ、あの映画にっていうか、市川崑さんの映画に関わることができるわけですから。もう、どんな役でもやりたい。出なくてもいい、とにかく現場を見ておきたいっていう思いがあるわけで。

清水　撮影はいつ頃から入るんですか？

三谷　僕は一日だけですけど、撮影はずーっとやってます。市川崑さん、とにかくもう九十過ぎてらっしゃいますから。

清水　だから何？

三谷　だから、すごくゆっくり無理せずにゆったり撮ってらっしゃるんです。

清水　よかった（笑）。また三谷さんらしく「いつ命がとぎれるかわかりませんから」って失礼なこと言っちゃうんじゃないかと心配しました。

三谷　なんてこと言うんですか。監督はホントにお元気ですからね、まだまだずっと作品撮り続けられると思いますよ。でね、この間、出番はなかったんですけど、ちょっと見学に行ったんです。

清水　もう行ったの？

三谷　市川監督ものすごくお元気で。声も通るんですよ。「スタート!!」とかって言うのが。もう、ピシッと空気が張り詰める感じでしたね。

清水　あ〜、いいね、映画界のそういう感じってね。

三谷　かっこよかったですね。

清水　カメラさんもめっちゃ怖いもんね。
三谷　僕、自分の映画でカメラを回す時に「用意、アクション!」って言ってたんですけど、市川崑さんは「スタート!」っておっしゃってて。で、いろんな人に聞いたら「『アクション!』って言う人なんて滅多にいないよ」って言われた。
清水　「用意、アクション!」。考えたら変だもんね。日本語と英語とちゃんぽん。
三谷　まぁ、「用意、スタート!」も一緒ですけど。
清水　あっ、本当だ。
三谷　でも、だいたい「スタート」だっておかしなもんで、競走じゃないんだから。
清水　動けってことだから、正しくは「アクション」だよね。
三谷　うん。
清水　でもそう言われると、アクションはちょっと恥ずかしい感じがするかも。恥ずかしいからくしゃみみたいに言えばいいのか? 「アクション!!」みたいな(笑)。
三谷　そっちのほうが恥ずかしいです。かけ声が恥ずかしいのは、人に対して言うのはいいんだけど、小物を撮ったりすることがあるんですよね、人がいない時。
清水　動かないものに「アクション!」って言ってもそりゃ動かないもんね。三谷監督、現場でのリアクションから喜劇ですね。
三谷　光栄です(笑)。

ついでの話〈市川崑〉

一九一五年十一月二十日、三重県出身。東宝京都スタジオでアニメーターとして勤務し、新東宝撮影所で監督デビュー。東宝に戻ったのち日活に移り「ビルマの竪琴」を監督。

その後、大映に移籍し「炎上」「野火」「ぼんち」といった文芸映画を中心に発表。一九六〇年には「おとうと」、一九六五年には「東京オリンピック」で話題を呼んだ。一九七〇年代に横溝正史原作の「金田一耕助」シリーズを手掛け、すべての作品が大ヒットという快挙を達成。御年九十歳となった二〇〇六年、三十年ぶりに「犬神家の一族」を製作し話題となった。が、二〇〇八年二月十三日、死去。享年九十二歳。最後にメガホンを握った「ザ・マジックアワー」の劇中映画「黒い１０１人の女」が遺作となった。

三谷さんはなにかスポーツで熱くなったことないの？——清水

ない。そもそもスポーツが嫌い。勝ち負けを決めたくないんですよ。——三谷

清水　今、サッカーのワールドカップやってますけど、三谷さんは当然、見てない？

三谷　えっとね、さすがに一回目は見ましたよ。どこだっけ？　モンゴル？

清水　オーストラリア。

三谷　オーストラリア戦は見た。

清水　二回目は？

三谷　二回目はどこ？　インド？

清水　クロアチア。

三谷　あっ、クロアチアか。あれ、一回目と二回目とちょっと違いがわかんないな（笑）。

清水　そんなもんだよね。私の周りにはそういう人が多い。野沢直子なんか、ロナウジーニョっていうのは日本のチームにいるかと思ってたの。「あの人、まだ？　あのＣＭに出てた人、早く出ないかな？　と思ったら、違う、ブラジルの人なんだね」って言ってあきれられてましたけど。あれ？　三谷さんのそのリアクションは、もしかしてこっちの人だと思ってた？　サントスみたいに？

三谷　僕、ロナウジーニョはロナウジージョだってずっと思ってましたもん。

清水　トッポジージョみたいに。
三谷　（笑）そうそうそう。
清水　顔もなんか、こう……。
三谷　トッポジージョみたいですしね。失礼なんだな、相変わらず。清水さんはサッカー、見たんですか？
清水　全部見ましたね。朝三時半からのやつも起きて見ました。途中、ちょっとウトウトしたけど、頑張って見ました。
三谷　あれ、やっぱり一点入った時には日本中が沸いた感じ？
清水　沸いた感じだよ。いけるんちゃう？　みたいな感じになりますからね。
三谷　そうなんだ。
清水　しかも私、サッカー詳しくなくて、なんでこの人レッドカードとか、イエロカードとか出されなきゃいけないの？　っていうぐらいにチンプンカンプンなんだけど、それでも「あ――！」とか、「うぁ――！」って声が出てたってことは、ちょっとでもサッカーに詳しい人は、すごい興奮してるんだろうなと思いながら見てました。
三谷　そうでしょうね。でもいつ頃からこんなに日本中というか、世界中がサッカーで一つになり始めたんですか？
清水　やっぱＪリーグが始まってからじゃない？　三谷さんはなにかスポーツで熱くなったことないの？　このスポーツなら好きだとか。

三谷　ない。そもそもスポーツが嫌い。勝ち負けを決めたくないんですよ。
清水　あ〜、芝居の世界みたいに、みんなで楽しければいいんだ。
三谷　バレーボールも屋上でやるあれは好きなんですよ。みんなで何回ボールを飛ばせるか。
清水　あ〜、平和的な（笑）。ちょっとわからんでもないな。
三谷　あれの世界大会があれば、喜んで見ますよ。
清水　卓球は？
三谷　卓球？　大嫌いですよ。
清水　なんで？　「卓球で長くラリーをしよう」って言ってるのに、突然パン！　と打ち込んでくる人がいるけど、意外とそっちなんじゃないですか？　本当は勝ちたいから。
三谷　いやいや、僕は子どもの時から「勝ちたい」っていう意志がないんですね。負けるのが嫌なんじゃない？
清水　ふ〜ん。
三谷　向こうはたぶん勝ちたいと思ってるだろうから、だったら思ってる人に勝たせてあげようよ。
清水　そんなきれいな人か。ふ〜ん。
三谷　僕はすごいきれいな人ですね、そういう部分だけは。勝負に全然、興味ないですから。
清水　でも観劇ってもとをひもとくと、昔は勝負だった時代があるんですよ。ローマ時代とかって。

三谷　ライオンと戦ったり。
清水　そういう勝ち負けを見るのが、面白かったらしいよ。
三谷　でも本当はもっと面白いものがあるってことを全世界に伝えたいですよ。
清水　全員で何かやんなきゃいけないってことになったらどうします？
三谷　やっぱりフォークダンスじゃないですか？
清水　やってる人は楽しいけど、見てるほうは辛《つら》くない？
三谷　見てる人なんかいないんですよ。全員参加ですから。
清水　あの伝書鳩のレースというのはスポーツになるんですか？
三谷　まぁ、速さを競うスポーツの一つといってもいいかもしれない。
清水　一つ質問していい？　伝書鳩って本当に訓練したら、たとえば私ん家《ち》から、「沖縄の宮本亜門さん家のところまで飛んでけ！」って言ったら、飛べるの？
三谷　清水さん、大きな間違いをしてますよ。鳩に手紙つけて「さあ、行っておいで」って。そういうもんじゃないから。だってその時に清水さん、自分の家にいるわけでしょ？
清水　うん。
三谷　（笑）それが大きな間違いなんです。清水さんは他のとこにいて、自分の家に向かって鳩を放すんですよ。
清水　そっか、そうすると帰巣本能で帰ってくるんだ？
三谷　そう。だから「何丁目の何々さんとこ行っておいで」って言っても行くわけがない。

清水　結局、自分のとこ戻ってきますからね。

三谷　じゃあ、電車で北海道まで連れて来ました。夕張の黄色いハンカチのヒラヒラしたところから「ミッちゃん家に飛んでけ！」。

清水　東京のミッちゃん家？　詳しくはわかんないけど、それはあるんじゃないですか？　きっとボロボロになっても、地べたを這《は》ってでも何年かかろうが帰ってくるんじゃないかな。

三谷　だいたい伝書鳩って、鳩の種類なの？

清水　そこら辺にいる鳩とは違うと思いますよ。えっと河原鳩ですね。

三谷　電子辞書を返せ。

清水　あのですねぇ、百二十キロメートルぐらいが限度だと思いますね、彼らも。

三谷　百二十キロってどのぐらい？　箱根ぐらい？

清水　うん。箱根のちょっと先まで。

三谷　微妙な便利さだね（笑）。もっとすごいのかと思った。伝書鳩だって戦国時代とかは、すごく役に立ってるような気がしたんだけど。

清水　戦国時代は伝書鳩は……、あー、あったのかもしれないけど……。

三谷　ちょっと話が飛ぶんだけど、関ヶ原の戦いとかってどうやってみんな集まるの？「何月何日だってさ」「はいはい、わかりました」「で、どの辺？」ってなった時にどっちがどうやって決めんの？

三谷　（笑）「関ヶ原で戦おう」ってみんなで決めてそこに集まるわけじゃないから。
清水　たまたまブラブラしてたら会ったの？
三谷　そうです。たまたま敵と味方が遭遇したらそこが関ヶ原……。
清水　まじで⁉
三谷　まぁ、大きく言えばね（笑）。ばったりじゃないですけど。
清水　だけど一応、大体の約束があったでしょ？　集まろうって。
三谷　まず東軍が攻めてくるわけですよ。
清水　その軍隊は何千人ぐらい？
三谷　何万ですね。東軍はね、七万五千人で。西軍は八万五千。
清水　あっ、じゃあもう、みんな知ってるんだ。
三谷　「やつら、来るぞ……」ってね。情報戦ですから。そしたら、とにかくこれはどっかで迎え撃たなければいけない、どの辺で迎え撃とうか？　っていうと、両軍合わせて十六万人の戦いの時に、すごい山奥とか富士山の頂上じゃ大変じゃないですか。
清水　ただでさえ酸素が薄いもんね。着いた途端に息切れしちゃう。
三谷　「だからもうちょっと広いとこで戦おうよ」ってことになって「そうだ、岐阜のあの辺に関ヶ原という原っぱがあるから。あそこだったら十万人いても平気だろう」「じゃあ、あそこで迎え撃とう」ってことになって、で、ちょうど東軍と西軍が会ったのが関ヶ原。

清水　でも十六万人が戦うってすごいよね。
三谷　しかも一人一人武器持ってますからね。
清水「向こうは七万人が来るらしい。だからうちは八万人でいきましょう」っていう連絡は、やっぱり誰かが見て報告をしてるの？　どうやって集めるの？
三谷「このお侍には家来が五千人いた。あっちの侍には三千人いたって計算するわけですよ。あいつとあいつとあいつを味方につけたら、全部でよし、一万五千だ、これでいこう」って。
清水　なるほど。じゃあ、やっぱり多いほうが……。
三谷　まぁ、多いほうが勝つとは限んないですけども。多数決じゃないですからね。
清水　勝ち負けが嫌いな三谷さんだけど、日本史も振り返ってみれば勝ち負けの歴史じゃないですか。
三谷　敗者にもドラマがありますからね。そこが魅力なんです。
清水　敗者、敗者を語るですね。スポーツの敗者だってドラマチックですよ。
三谷　関ヶ原の戦いといえば、僕はみなもと太郎さんの『風雲児たち』が大好きで。歴史漫画ですけど。
清水　みなもと太郎の『ホモホモ7』は好きだったなあ。
三谷『ホモホモ7』読んでました？
清水　劇画タッチ、三枚目タッチになる感じと、私好みの美女が出るのが好きでしたね。

三谷　いきなり二枚目の顔に変身するのは、みなもとさんから始まったのかな。
清水　へ〜、あの歴史漫画って本当にあった話なの？
三谷　本当にあった話ですね。『風雲児たち』は、僕が大学の頃から連載されていて今までやってますから、もう二十年以上続いてる。
清水　そうなんだ。
三谷　幕末の話をやろうっていう企画で始まったのに、関ヶ原の戦いから始めて、まだ幕末まで行ってないです。すごい長編マンガですよ。
清水　（笑）息が長すぎるわ。ブックオフ大変だね。
三谷　なんで？
清水　だってあそこは、シリーズとか全巻揃《そろ》えたがるじゃん。
三谷　ああそうですね。『風雲児』が全部揃ってると確かにすごい。ぜひ皆さんも。
清水　トライしてみてください。『風雲児』から読むか、『三国志』から読むか。悩むところですね。

ついでの話〈ロナウジーニョ〉

一九八〇年三月二十一日、ブラジル、ポルト・アレグレ生まれ。ロナウジーニョとはブラジル語で「小さなロナウド」の意味で本名はロナウド・ジ・アシス・モレイラ。ブラジルサッカー界には、すでに「ロナウド」という選手がいたためにつけられたニックネームである。

デビュー当時は二番目のロナウド扱いであったが、二〇〇四年、二〇〇五年と二年連続でFIFA選出の世界最優秀選手に選出され、二〇〇五年には欧州最優秀選手にも選ばれた世界最高の選手。現在はイタリア・セリエAのACミランに所属。ちなみに年俸、ボーナス、スポンサー契約などを合わせた年間収入は、約三十三億円。日本代表選手全員の年俸を足してもかなわない。

寝台車はね……。寝ちゃだめなんですよ。寝たら、だって意味がないから。
——三谷

はっ？　寝ますよ、寝る台車ですよ。——清水

清水　こんにちは清水ミチコです。今日、幻冬舎さんから差し入れをいただいたんですけど、「なめらかプリン」のおいしいこと。
三谷　まぁ、別に幻冬舎が出してるわけじゃないけれども、数あるプリンからこれを選んだってことがすばらしいですね。
清水　幻冬舎さんとかさ、出版社の人はなんでこんなにおいしいものを知ってるのかなって感心しますね。マガジンハウスさんも取材を受けに行くと、「こんなおいしい食べ物あるの！」っていう新しい洋菓子が出てくるんだ。うれしいなあ。
三谷　作家はそれで出版社を選ぶんじゃないですか？
清水　お菓子で？
三谷　「こんなにおいしいものをくれたんだからやっぱりいいもの書こう」と。
清水　意外にそういうのって、あるかもね。
三谷　作家くどくなら、「なめらかプリン」にしろと。
清水　もっと料亭とかだと思いますけど。

三谷　（笑）いや、これ、いただいたからにはちょっと頑張っていい仕事したいと思いますもんね。

清水　（笑）どっちの出版社にしようかと迷ったら、差し入れで決める……なんだか賄賂になびく悪代官みたいですね。迷ってるといえば、うちの事務所の夏休み旅行ですけど、いろいろ迷った末、結局、青森と函館に行こうってことになったのね。

三谷　へぇー。

清水　今、迷ってるのが、寝台で行くか飛行機で行くか。例えば青森まで飛行機で行くと、料金が二万円弱で一時間ちょっとで着くの。夜行列車で行くと三万円弱ぐらいで時間は十二時間ぐらい。夜、十時に上野出て、朝の十時に青森なんだって。

三谷　僕ね、昔、雪まつりに行った時に　夜行列車を使ったんですよ。

清水　えっ！　珍しい!!　三谷さんが？

三谷　厳密には帰りの夜行列車だった。向こうを夕方出て、ちょうど東京に着いた時に駅のホームが出勤のサラリーマンでいっぱいだったんで朝方ですね。

清水　どうだった？　寝台車って。

三谷　寝台車はね……。すごくジレンマなんですけども、寝台車といいながら、寝ちゃだめなんですよ。寝たら、だって意味がないから。

清水　はっ？　寝ますよ、寝る台車ですよ。

三谷　だめだめ。寝るんだったら乗るなと言いたい。寝台車に乗ってるのを楽しむわけですから。

清水　起きてろ？　寝台車って「ゴトゴトでそんなに寝られないなあ……と思ってるうちに朝じゃないか」っていう楽しみ方なんじゃないでしょうか。

三谷　清水さんは行きで乗るの？

清水　北海道行きの寝台車をちょっと調べたら、八万円もする豪華列車もあるんです。写真を見るだけでも乗りたくなる。ただうちらが乗ろうとしてるのはオーソドックスな寝台列車なんです。それでも辛くはないんですかね？

三谷　まぁ、寝台車ファンから言わせてもらえば、辛いもんだと思って乗るぐらいだったら乗らないでほしいですね。

清水　そうか。

三谷　なんでまっすぐ函館に行かないの？　恐山に行きたいから青森で降りるの？

清水　恐山も一回行ってみたいですけど。青森にも寄ってみたいし函館にも行きたいから。

三谷　函館といえば、もう、あれですよ。あの……山菜がおいしかったです。

清水　函館で山菜？　チーズとかバターじゃなくて？　まぁ山菜は、おいしいですけどね。私の長い人生で一番のご馳走《ちそう》っていうと山菜料理かもしれないな。

三谷　じゃ、山菜のおいしい食べ方教えてあげますね。

清水　どうせ天ぷらって言うんでしょ？

三谷　いや、最近、その奥さんの実家っていうか田舎から、山のように山菜が……。

清水　届いたの？
三谷　わらびが送られてきたんですけども、おいしい食べ方を教わって。
清水　おいしい食べ方を教えてください。
三谷　まず、水洗いしてからあくを抜きます。まあ、その前に、バラバラになっちゃって、もし落っことしてたら拾い集めて、で、頭の部分を右側にまとめて、揃えてからですよ。
清水　それは説明しなくていいです。
三谷　で、洗って、あくを抜いてください。あの……あくってどうやって抜くんだっけ？
清水　炭酸を入れた熱湯に浸して、一晩中置くって感じですね。
三谷　炭酸を入れてってどういうこと？　サイダーを入れるの？
清水　重曹ともいいますけど。炭酸水の素みたいなやつが売ってるの。掃除にもすごくいいんだって。その気泡が。
三谷　昔、ありましたよね、クリームソーダの素とか。
清水　あった。ちょっとすごい色で。口に入れると……。
三谷　ジュワジュワジュワジュワ……。あれも炭酸か。じゃあ、わらびのあくを抜く時、重曹がなかったらドンパッチ入れてもらって。
清水　ドンパッチ探すほうが大変です。最近見ないけど、元気にしてんのかな？
三谷　どうですかね。みなさん、知ってるのかな？

清水　そういえば子どもたちの間で「ドンパッチ舐《な》めて痛い！」なんての、聞かなくなりましたね。
三谷　きっと今の人、知らないですよ。口に金平糖のちっちゃいやつみたいなのを入れると激しく中で爆発するやつですよ。
清水　そうそうそうそう。名前も良かったよね。あれは知ってた？　駄菓子屋さんにヨーグルトって売ってんじゃん？
三谷　はいはい、ちっちゃいミニミニ缶みたいなのに入ってるやつでしょ？
清水　そうそうそう、あれはヨーグルトじゃないんだよ。
三谷　えっ！
清水　私がレギュラーで出させてもらってる所さんの番組で、そこの工場をリポートするVTRを見たわけ。そしたらショートニングでした。
三谷　ショートニングって何でしたっけ？
清水　昔、「これは生クリームじゃなくて、バタークリームよ」って、ケーキの違いあったでしょ？
三谷　はいはい。
清水　バタークリームのは長持ちするけど、生クリームは早く食べないといけない。そのバタークリームの素。
三谷　あー。

清水　ショートニングにバタバタバタバタ空気を入れるとフワフワになるんですよ。そこにヨーグルト風味を入れて、お前はまるでヨーグルトか！　みたいにしてあるんだって。

三谷　たしかにあまりにも分量が少ないんで。わかんないんですよね。どんな味なのか、わかる前に食べきっちゃうぐらい少ないですからね。

清水　駄菓子屋さんで「一個だけ買ってあげる」って言われたら何を買ってもらう？

三谷　何だろうなあ。僕、駄菓子屋、あんまり行かなかったですからね。

清水　私は幼稚園の時、もう、通いつめてた。しかも狙いはどの駄菓子っていうんじゃなくて、そこのばあちゃんのオリジナルだと思うんだけど、「三角の新聞紙の中にいろんなものが入ってますよ」っていうのが吊り下がってるやつ。お楽しみ袋みたいなもんだね。それがすごい欲しかったの。

三谷　それ、おばあちゃんが作ったなんか手製のお菓子とか入ってるんですか？

清水　手製じゃないですよ、駄菓子が入ってるんです。

三谷　うちは駄菓子屋禁止令出てましたから。

清水　チクロとかの年代だもんね、おたく。チクロとかいろいろ流行《はや》った世代って、すごく母親が厳しかった時あった。

三谷　サッカリンとか？

清水　今でも好きなのは「うまい棒」。あれ、おいしいよね。

三谷　一番おいしいのはサラミ味でしょ？

清水　サラミ味なんかそんな好きじゃないですよ。あれ？　何の話してたっけ？
三谷　炭酸であく抜く話。
清水　そう、だから炭酸につけて一晩置くと、翌日は「おっ、艶々《つやつや》になったな、お前は」って感じになるんです。
三谷　そんな手間暇かけてるんだ。
清水　それほど大変じゃないけどね。
三谷　へぇ、炭酸って、どこで売ってるんですか？　八百屋？
清水　いや、スーパーにも売ってますよ。わらびの横に置いてあるところも増えたね。
三谷　そこまでするんだったらあく抜いてから売ってほしいですよね？
清水　私も、あく抜いて送ってくれればいいのになと思う時あるんですけど、あれは。
三谷　抜きたてがうまいんだ。
清水　そうなの。もたないんだと思う。だから人間も山菜も「あく」が大事ってことですね。
三谷　うん。抜いたあとのあくはどうするんですかね？
清水　今、いいこと言ったのになあ。
三谷　（笑）たしかにね、あくのない人間は……。
清水　あの、話を戻すほどじゃないですから食べ方を教えてくださいよ。
三谷　生姜《しょうが》をすって、ごま油とお醤油をかける。あとはいただくだけですよ。
清水　えっ、生姜とごま油かけて食べるの？

三谷　生姜とごま油とお醤油。いっくらでも食べられますね。
清水　（笑）わらびは生でもおいしいって意味ですね？
三谷　まぁ、生じゃないけどね。
清水　生ですよ。加熱しないんでしょ？
三谷　え？　ゆ、ゆ、ゆ、ゆでてないんだ。
清水　落ち着いてくださいよ。ゆでませんよ。あく抜く時お湯通しはするけど。
三谷　すごいヌメヌメしてますよ。
清水　でも人ん家によるのかな？　うちはあく抜いたままのやつを洗ってシャキシャキした感じで、中ヌメヌメ。だけど人の家に行くとゆでてあったりするよね。
三谷　まぁ、その家によって食べ方とかね、違うことありますからね。
清水　話が寝台車からわらびに到着しちゃった。

ついでの話〈わらびのあく抜き〉
あくとは食品に含まれる、渋み・苦み・不快臭などの元となる不要成分の総称。わらびのあく抜きの場合、最も一般的なのが重曹を使うもの。方法は、
1　わらびを平らな容器に並べ重曹小さじ一を振りかける。
2　上から熱湯をわらびがかくれるくらいまで注ぎ入れる。
3　落とし蓋《ぶた》（紙でも）をして、一晩置く。

4　水を替えて、二時間以上さらす。
熱湯をかけずに重曹と水だけであくを抜く場合もある。重曹などがなかった時代は、わらびと稲わらを鍋に入れ、沸騰したお湯をわらびが浸るまで回しかけ、落とし蓋をしてそのまま一晩置いていた。また、稲わらを焼いた灰をわらびにまぶし、熱湯を回しかける方法も知られている。ちなみにあくの強い三谷&清水コンビがお届けする「DOCOMO MAKING SENSE」は、あくではなく二人の息抜きとなっている。

あなたスッポンは嫌いだって言ったじゃないですか。——清水

食べるのは嫌いだけど、友だちとしては認めてますから。——三谷

清水　この間、浅草で人力車に乗って走るロケをしてたんです。そこにね、スキンヘッドでサングラスをしてて、いかにも怖い感じの男性がいらっしゃって、「お前、名前知らないけど芸能人だよなあ」って話しかけて来たんです。

三谷　怖いですね。

清水　そばにいたカメラマンが、「すみませんけど、ちょっと撮影中なんで」って言ったら、「馬鹿野郎、何言ってんだよ」って怒りだしちゃって。このあとどうなっちゃうのかなって思ってたら、「握手してくれよ」。

三谷　面白いなあ。

清水　私も「あっ、握手だったらいいですよ」って握手して。「あとはちょっと申し訳ありませんけども」ってスタッフの人が止めてくれたんで、その人も「なんだよ」って言いながらも、しばらくしたらいなくなったんです。

三谷　ロケしてるといろんな人が見てますからね。

清水　ところが三分後、その人がまた現れたんです。今度は、左手に買ったばかりのマジックとサイン色紙を買って持ってるの（笑）。どんだけいい人なんだって思って（笑）。

三谷　へぇー、サインしました？
清水　いや、できなかったんですよ、時間なくて。
三谷　かわいそうに。彼の気持ちを踏みにじってますよ。
清水　っていうか、人力車の方が状況を見てて「すぐ発車しますから」って移動してくださったんです。私としては全然、サインしても良いのになあなんて思いながら（笑）。
三谷　その人がどんな思いでそのマジックを買いに行ったか。
清水　その時はとにかくみんなが逃げるっていう頭しかなかったから。あとで考えたら、あれ？　あの人、色紙を買ってきたってことは、まじめな人じゃんって思って。
三谷　今どき、わざわざ色紙を買ってくる人って少ないですよ。
清水　そうなのよ。本にサインしたりメモ帳にサインしたことはあっても、街で色紙にサインってしばらくしてないもんね。
三谷　まぁ、その人も文房具屋さん行って、「おい、色紙出せ‼」って、ぶんどって来たのかもしんないけど。
清水　いい話が台無しになっちゃいましたよ。今度、その方に会ったら三谷さんの住所教えときます。
三谷　僕はすぐにサインしますから大丈夫です。
清水　いりませんよ。で、浅草でこんなおいしい食べ物があるのかと感動したのが、「焼きスッポン」。

三谷　「鍋」じゃなくて「焼きスッポン」？
清水　お店の裏メニューとしてあるんです。
三谷　僕ね、スッポンはだめなんですよ。
清水　まぁ、あれをものすごく堪能してる人もすごいよね。
三谷　しかも「焼きスッポン」っていうのは焼いてあるんでしょ？
清水　焼いたやつが、めちゃくちゃおいしかった。足の部分だけを焼くんです。
三谷　焼き鳥みたいになってるんですか？
清水　焼き鳥っていうか、ケンタッキーフライドチキンぐらいの大きさになってて「上からかぶりついてください」って言われて食べたら、すっごいおいしさだった。
三谷　ケンタッキーフライドチキンの手で握る部分がスッポンの足ってことでしょ？
清水　ケンタッキーのチキンって二つあるじゃん。
三谷　僕はいつも持ち手がついてるほうを買いますね。
清水　子どもだなあ。味は骨っぽいほうがおいしいんですよ。
三谷　でも食べづらいやつでしょ？
清水　まぁ、食べづらいことはづらいけど……。
三谷　絶対、小骨が残るほうでしょ？
清水　まぁ、そうだけど、とにかくあまりにも感動して、撮影終わったあとに、その部分をそーっと持ってって、マネージャーの高橋さんに一口あげたの。コラーゲンでベッチ

　　ャベチャしてるところを「お食べ」って。
三谷　どうせだったら、一口じゃなくてね、高橋さんに1《ワン》ピース買っていってあげてほしかったな。
清水　ひとかけら一万円もするんだよ、あんた。
三谷　本当に？
清水　コースで頼んだんだけど、そこはメインが「焼きスッポン」で、少なくとも一万二千円はしたはず。スッポンってなんであんなに高いのかな？
三谷　まぁ、数が少ないんじゃないですか。
清水　どんどん産んでいただければいいのにね。
三谷　スッポンって知ってます？　カメじゃないんですよ。
清水　何なの、あれ？
三谷　スッポンなんだって。
清水　カメでも魚でもなく私はスッポンでいくっていうこと？
三谷　そう、スッポン。一番の違いはカメは手足が中に入るじゃないですか。でもスッポンは入んないんだって。
清水　それだけ？　カメでいいじゃん。
三谷　大きな違いじゃないですか。カメのアイデンティティは手足が入るか入らないかでしょ？　でもスッポンは「俺は手足を隠さない。むしろ顔もね、顔も隠さないけども、

清水　ちゃんとやっていける自信があるぞ」と。「かかってこい」という気概なんです。
三谷　つまり逃げるのが速いと。
清水　いや、戦えば勝つという自信があるんでしょうね。噛《か》みついたらすごいですもん。
三谷　「だったら重い甲羅を外せよ」と言いたい。
清水　そこが彼らの中途半端なとこなんですよ。自信はあるけども甲羅外してまで戦う気力はないんですよ。
三谷　甲羅いらないじゃん（笑）。
清水　そこまでは強くないんですよ。その辺の微妙なところをわかってあげてほしいなっていうのがありますけどね。
三谷　「わかってあげてほしい」って言われても、私にとっては食べ物なんでね。
清水　僕にとってはスッポンは生きとし生けるもの。仲間の一人ですから。
三谷　あなたスッポンは嫌いだって言ったじゃないですか。
清水　食べるのは嫌いだけど、友達としては認めてますから。
三谷　そのスッポンとカメの違いって本当なの？　子どもたち、信用しますよ。
清水　本当だって。
三谷　なんかスッポンの話してたらお腹《なか》すいちゃった。すみません。
清水　清水さん、本当にいつもお腹すかしてますよね。今もぐるぐるお腹鳴ってるし。
三谷　違うんです、何か食べたあとのお腹の鳴りって知ってる？

三谷　僕には、区別つかないけど。
清水　本当にお腹すいてる時って実はそんなに鳴らないじゃん。だけどちょっと食べると「なんじゃこれ！」みたいにお腹が驚いて鳴るんです（笑）。
三谷　松田優作みたいに（笑）？　消化してる時の叫び声なのか。
清水　そうそうそう。どっちにしても恥ずかしい音なんですけど。
三谷　食べたといえば、この間「おきゅうと」を食べたそうですね。
清水　食べましたよ。この間福岡行った時に、そういえば三谷さんがおいしいって言ってたのを思い出して。空港でいっぱい買って、家帰ってところてんみたいに切って出しました。それでいいんだよね？
三谷　いいんですよ。
清水　生姜などをつけて出したところ、家族は誰も食べずで。私がしょうがないなあって一人で片づけるはめになった。
三谷　何でだろ？
清水　「おきゅうと」には、やっぱり慣れがいるんだと思うの。
三谷　あの生姜はね、結構、大量に入れますよ。あと醬油もバーッてかけて、ドバッて。
清水　うちはね、ニンニク生姜がすごく好きな家族なので、それだけはすってすりまくって冷凍保存してあって、いつでも出せるのね。だからものすごく大量に出したけれど……。

三谷　食べなかった？
清水　あれ、絶対慣れがいるって。
三谷　そんなに癖のあるもんじゃないですよ。
清水　「おきゅうと」はなんていうか、ところてんみたいじゃん。柔らかい。おいしいけど。
三谷　でもところてんより食べやすいですよね？
清水　うんうんうん。
三谷　ところてんの無味乾燥な感じがないぶん……。
清水　独特のニオイしたけどあれは何のニオイ？
三谷　幸せの香りですよ。
清水　気持ち悪い、もう二度と食べない（笑）。
三谷　（笑）なんでよ。あれは磯の香りです。でもところてんほど生臭くはないんだよな。
清水　三谷さん、ところてんだめなの？
三谷　いや、大好きですけど。どっちがなくなって悲しいかっていうとやっぱり「おきゅうと」ですね。あの歯ごたえが。
清水　歯ごたえはところてんのほうが全然あるじゃん。「おきゅうと」はなんか、ものすごく優しい、柔らかい感じで……。切ったあと、器に入れるのに苦労するもん。
三谷　歯ごたえのない歯ごたえですよ。歯のないおばあちゃんみたいな感じ。
清水　今のは、口ごたえでしょ。

三谷　うまい！　そういえば博多に行くとうどんも名物だけど、全然コシがないんですよね。
清水　あっ、空港で食べた時、コシがなかったよ。あれ？　っと思った。
三谷　だから、博多の人間は讃岐うどんを食べるとあまりにも硬いんでびっくりするんですよ。
清水　やっぱり？　讃岐うどんといえば、この間お仕事で倉敷に行ってきたんですけど、うどんが出てきたんです。生卵が入ってて、生姜が入ってて、まあ、ぶっかけうどんなんだけど、四国と違うのは、そのぶっかけのたれがやや甘いっていうとこなんだって。
三谷　へぇー。
清水　倉敷ではFMの公開番組に出てきたんですけど、家族三人で来られた方がいて、お父さんとお母さんと、ものすごく美少年の小学校四、五年の男の子。で、お母さんが「この子ね、オーラが見えるんです」って言うのね。
三谷　清水さんのオーラも見てもらったんですか？
清水　うん。「え〜、見て見て」って見てもらったらその美しい顔で私を見て、「銀色」って言うんです。「お母さん、銀色ってどういうことですか？」って聞いたら、「銀色っていうのは、古風で意外と落ち着きがある」。
三谷　ん？　彼は何も見えてないいんじゃないかな？
清水　見えてるでしょ（笑）。今の私はね、タレントとして落ち着きなくしゃべってるだけであって、本当の私は落ち着いてますよ。

三谷　まぁ、たしかに実際の普段の清水さんとね、ここで見かける清水さん、全然、別人のようでありますけど。

清水　（笑）ニヤニヤして言うな。

三谷　清水さんは僕の前では、ちょっと悪ぶってみせるところがあるから（笑）。

清水　隣にFM局のアナウンサーがいたので「このお姉さんは何色？」って言ったら、「青」って。「青は知的」とか言って。「あなたのお母さんは何色よ？」って言ったら「お母さんは緑」「緑は癒しの色」だって。そういう親子がいましたよ。

三谷　へぇ。

清水　あとね、意外だったんだけど倉敷ってこの「DOCOMO　MAKING　SENSE」がオンエアされてるんですよ。

三谷　倉敷でも放送されてるんですか。

清水　公開収録に来たお客さんにも「いつもDOCOMO　MAKING　SENSE聞いてます」って人がいましたね。

三谷　倉敷の皆さん、こんばんは、三谷幸喜です。

清水　その人「三谷さん、凝りすぎなんですよね」って言ってた。

三谷　すごいショックだなあ。「凝りすぎ」ってどういうこと？

清水　考えすぎとか頑張りすぎなのかな。

三谷　もう、頑張らない。博多うどんのようにコシのないトークを目指します。

清水　いつもなかったじゃない。

ついでの話〈スッポン〉

スッポンとは、南米以外の熱帯から温帯地域に広く生息するカメ類の一種。流れの緩い河川の中流域や大型の湖沼に生息。ほぼ肉食性で様々な水生生物を食べる。初夏から夏にかけ、直径二センチくらいの球形の卵を十〜五十個産卵する。他のカメとの違いは甲羅が革質の皮膚に覆われていること。漢字で書くと「鼈」。スッポンの養殖は、一九〇〇（明治三十三）年、浜名湖でウナギの養殖を始めた人が、スッポンも同時に養殖したのが最初。「月とスッポン」ということわざがあるが、スッポンが丸い形状から満月と比較されたという説や、朱塗の丸い盆「朱盆《しゅぼん》」が訛《なま》ってスッポンになったとの説もある。

男はみんな一寸法師が好きなんですって。——三谷

あんたたちがまず、大きくなりなさい。——清水

三谷　あの、今日からちょっとトーンを変えてみようと思って。寡黙《かもく》になりますから。

清水　昨日、頑張りすぎって言われたからですか？

三谷　考えてみたらこんなにしゃべってる自分は自分じゃなかったなと思って。家でも全くしゃべらないですもん。

清水　本当なの？　家の中でよくしゃべってそうですけど。

三谷　妻といる時もね、相槌《あいづち》を打つだけですね。「ふ〜ん」って。

清水　それはなんか、夫婦間がもう危ないですね。

三谷　いや、でも全身全霊込めた「ふ〜ん」ですから（笑）。

清水　離婚したい、そんなツレアイ（笑）。

三谷　いいじゃないですか。一生懸命聞いてるんですから。

清水　そんな「ふ〜ん」なんか嫌ですよ。そういえば小林聡美さんもこの間、「別れたい」って言ってたな。

三谷　そういうこと、冗談でも言わないでください。

清水　何でしょげるんですか？（笑）そういえばね、私、この間もスポーツジムで注意され

たんですけど、今、トレーナーに姿勢を正しくするっていうトレーニングをやってもらってるんですよ。

三谷　姿勢はやっぱり健康の基本だと言いますからね。

清水　で、トレーナーが言うには「清水さんは、背筋が全然ついていないので、テレビに出てる時もいつもそうだけど、左下がりでしょ？　清水さん、こうなってるでしょ？　で、歩き方もこうじゃないですか」ってすごいグニャグニャして歩くわけよ。人にモノマネされた時の気分がちょっとわかりましたね。

三谷　あ、でも清水さんって、ちょっとこうヤンキー風な感じじゃないですか。

清水　私が？

三谷　普段歩いてる時とか。

清水　そう、すごい言われるんですよ。

三谷　でしょう。肩がこう動きますからね、「おうっ、それじゃあなあ」って帰ってく。

清水　（笑）それは、親分さんじゃないですか。

三谷　そんな感じじゃないですか。いつも感じてましたけど。あのトレーナーの方って本当に見てますもんね。僕も真似されたことありますもん、歩き方。

清水　私は左下がりなんだけど、三谷さんはどういうとこが。

三谷　僕は前のめり。

清水　あっ、わかる（笑）。

三谷　で、歩き方がこう、風に後ろから煽《あお》られてるみたいな感じでトトトトトッと前に進んでる感じがするっていう。
清水　『北風と太陽』の男の人みたいな（笑）。
三谷　みたいなね（笑）。
清水　『北風と太陽』の話、すごい好きなんですけど、童話で他に好きなのってある？
三谷　あんまり放送じゃ言えないのかな……わからないけど。
清水　また下ネタですか？
三谷　またって、下ネタなんか言ったことないじゃないですか（笑）。一寸法師ですね。
清水　え〜、一寸法師のどこがいいの？
三谷　（笑）すごい夢があるじゃないですか。
清水　お椀の舟に乗るまではすごくいいと思うの。
三谷　箸の櫂《かい》ですよ。
清水　そうそうそう、そこはすごく可愛い。
三谷　それで京へのぼっていくんですよ。男のロマンじゃないですか。
清水　川なんだから京に下っていくんでしょ。
三谷　川のどっちが川下か川上かっていうことではなく、京へ行く人はどんなに川下だっていってもみんな「のぼる」って言うんですよ。
清水　まあ歴史的にはそういう人もいる。ただ、その後のストーリーがすごくつまんなくなかったっけ？
三谷　そこから大冒険ですよ。
清水　いきなり鬼とかに遭《あ》うんだっけ？
三谷　いろんなのを退治して、で、打ち出の小槌をもらって大きくなって帰るんですよ。
清水　打ち出の小槌は、何で急にくれるのよ？　何でそんな不思議なもの持ってるの？　しかもお姫様が持ってたんですよね。
三谷　姫が持ってるわけじゃないでしょ？
清水　たしか姫が振ってたよね、最後。
三谷　姫じゃないよ。あれ？　誰が持ってたんだっけ。
清水　好きな話なのに覚えてないんですか。
三谷　マツオカさん（放送作家）、どうでしたっけ？
松岡　鬼が落としていった。鬼がお姫様を襲って、それを一寸法師が退治したら鬼が「降参」って言って逃げて　打ち出の小槌を……。
清水　あんた何でそんなの知ってるの？
松岡　大好きですから。
清水　うわー（笑）。
三谷　ほらっ。男はみんな一寸法師が好きなんですって。
清水　あっ。スタッフもうなずいてる（笑）。あんたたちがまず、大きくなりなさい。

三谷　僕は先週、京都じゃなくて、博多に行ってきたんですよ。川上音二郎っていう人、知ってます？
清水　オッペケペー節の人？
三谷　うん、あの人って博多の人なんですよ。で、今ちょっとあの人のことを調べていて、お墓があるっていうんで、ちょっとお墓参りしてきました。
清水　オッペケペー節っていうのはさ、ちょっと世の中のことを斬った冗談というか。
三谷　そう。まあ、ちょっとした社会風刺みたいなやつ。
清水　そうだよね。で、東京にもいらっしゃるもんね。オッペケペー節を今もやってる人が。
三谷　本当に？　続いてるんですか？　そりゃ、知らなかった。
清水　石田梅林さん。なぎら健壱さんなんかが詳しいと思うけど。違ってたらごめん。
三谷　（笑）で、今日は、川上音二郎の話をしますよ。
清水　はい。
三谷　すごい変わった人で明治の初めの頃の人なんです。最初は政治の世界に興味を持って、人がいっぱい集まってるところで演説をしてたら「お前は人前で話すのがうまいから、ちょっと落語をやってみないか」ってことになって。
清水　スカウトされたの？
三谷　それで噺家《はなしか》になったんですよ。
清水　珍しいですね。噺家から政治家になる人はいても、逆はないでしょ。

三谷　で、噺家となって、オッペケペー節を考案してからは段々と世相風刺の人になって、芝居の世界に入って、今度は劇団を作るんですよ。で、そこからまた元に戻って政治家になろうとして立候補するんです。だから日本初のタレント候補と言われてる人なんです。

清水　西川きよしさんの元祖だ。ノックさんとか。

三谷　そうそう。で、選挙には落っこちて、劇団もだめになっちゃうんですけど、今度は、ボートに乗って、太平洋を横断する冒険野郎になろうってことになる。

清水　すごい人だね。うん。

三谷　で、奥さんと一緒に挑戦しようとして。

清水　ホントに太平洋？　瀬戸内海とかじゃなくて？

三谷　うん。奥さんと一緒にボートに乗って東京湾を出発したんですけど、途中で挫折して戻ってきちゃうわけですよ。

清水　うんうん。ボートで太平洋横断は無茶ですもん。無事でよかったぁ。

三谷　何やってもだめだみたいな時に、海外から「外国でちょっと芝居やりませんか」って話が舞い込んでくるんです。それでまた仲間を集めて劇団を作って……初めて日本人で海外でお芝居をやった劇団の座長さんでもある。

清水　へぇ～、面白いね。何て方でしたっけ。

三谷　川上音二郎。彼はとにかくウケることは何でもやりたいっていう人なんですよ。で、

清水　海外公演の時に、「腹切りと芸者を出せば外人は喜ぶ」って言いだして、芸者出して、切腹やったらすごくウケたんだって。それからどんな芝居でもだいたい最後は腹を切るシーンをやってたという。
三谷　切腹は外国人驚きそうだよね。
清水　特に、パリでウケたらしい。パリ万博とかでもやったのかな。
三谷　へぇ〜。
清水　で、奥さんがマダム貞奴って人で、その奥さんの肖像画をピカソが描いてたりするんですよ。それぐらい、向こうの社交界でも成功した人。
三谷　あっち行って良かったたね。
清水　そう、良かったんです。ボストンで公演をやった時にたまたま隣の劇場で「ベニスの商人」をやってて話題になってたらしいんですが、「じゃ俺も同じ芝居をやれば絶対、受けるぞ」っていうんで仲間集めて、で、いきなり「明日から『ベニスの商人』をやる」って、口だてで説明するんですよ。ストーリーを説明するんだけど、みんなはセリフが覚えられないんですよ。
三谷　シェイクスピア劇だからね、セリフも難しい。
清水　でも「どうせ見てるのは外国人だから、でたらめしゃべってもわかんないからいいよ」って言う。「どうしても詰まったら、『スチャラカポコポコ』って言えばたぶん大丈夫だ」みたいな感じで「ベニスの商人」をやったんですって。

清水　そこが一番すごいな。タモリさんの四カ国語麻雀みたい。
三谷　でたらめな芝居だったけどそれを見た向こうの劇評家が絶賛して「日本人はすごい！」ってことになって、当時書かれた新聞記事が、今も残ってるらしいですよ。
清水　エピソードが満載の人だね。
三谷　すごいでしょ。その人の話をちょっとやりたいなって思って調べてるんです。
清水　へぇ～、その方の人生をパクってこう芝居にするんですね……。
三谷　（笑）パクるっていう言い方正しくないと思います。

ついでの話〈オッペケペー節〉
明治中期の演歌。一八八九（明治二十二）年川上音二郎が、落語家桂文之助に入門し浮世亭○○《まるまる》と名乗って、京都新京極の寄席に出演。時世を風刺して歌い、九一年以降全国的に流行した。陣羽織・袴《はかま》姿でハチマキを締め、日の丸の軍扇を持って歌うのが正式なオッペケペー節。ちなみにどんな歌かといえば……

♪権利幸福きらいな人に　自由湯をば飲ませたい
オッペケペー　オッペケペッポー　ペッポッポー
堅い上下《かみしも》の角とれて　マンテルズボンに人力車
いきな束髪《そくはつ》ボンネット

貴女《きじょ》に紳士の扮装《いでたち》で
外部《うわべ》の飾りはよいけれど　政治の思想が　欠乏だ
天地の真理がわからない　心に自由のたねをまけ
オッペケペー　オッペケペッポーポーポー（作詞　若宮万次郎／演出　川上音二郎）

音二郎は、ラッパーの元祖だったといえるかもしれない。

僕は「木曜いっぱい」って言われると「それは金曜の昼までだな」っていうふうに解釈するんですけど、それは間違えてる？——三谷

間違えてますよ。私なんかせっかちだからあり得ない。木曜の夜には絶対出しますね。——清水

清水　さあ、今日もあと数分で終わろうとしてますけど、清水ミチコです。
三谷　数分って言ってもね、まだ十数分ありますけどね。三谷幸喜です。
清水　だから数分じゃないの。
三谷　十数分と数分は全然違いますよ。十分の差がありますからね。
清水　長い人生から比べれば、ほんの一瞬ですよ（笑）。
三谷　よく二〜三分とか言いますけど、腹が立つんですよね。二分と三分じゃ一分も違うじゃないか。二〜三人とか。はっきりしてほしいですもん。
清水　小一時間は？　うちの旦那さんがよく使うんです。そのたびに小一時間ってどういうことよ？　ってイラッとしますけど。
三谷　小一時間はわかるじゃないですか、一時間弱でしょ？
清水　一時間でいいじゃん、じゃあ。
三谷　一時間じゃないんですよ。

清水　（笑）だから細かいことですよ。四十分でも六十分でも大した違いないですから。「そんなに細かく興味がないから」って言いたくなるんですけど。
三谷　いや腹が立つのは二～三人ですよ。
清水　二～三日は？
三谷　二～三日もそう、丸一日違うじゃないですか？
清水　いいじゃん。
三谷　「二～三日待ってもらえますか？」っていうのすごい困るんですよね。二日なの、三日なの？
清水　「じゃ、短いほうにしときますよ」ってなるでしょ。あっ、長いほうが楽になるのか。
三谷　じゃ、三日でいいじゃないですか？
清水　「三日待ってください」ってのもどうかな？　二～三日という表現で柔らかくするのが日本人のいいとこなんだよ。
三谷　まぁ実は、「待ってください」って言うのは僕のほうなんですけどね。
清水　（笑）銀行とかをね。
三谷　銀行じゃなくて、「締め切り木曜日いっぱいでお願いします」って言われた時に……。
清水　あっ、朝日新聞だ。
三谷　例えばねそれは木曜の深夜、十一時五十九分までなのか、それとも金曜日の昼一時ぐらいまでなのかっていうのが、なかなかこれ判断が難しいですよね。

清水　じゃ、そっちからもう、「金曜日には送ります」って言えばいいじゃん。
三谷　うん、だから僕は「木曜日いっぱい」って言われると「それは金曜の昼までだな」っていうふうに解釈するんですけど、それは間違えてる？
清水　間違えてますよ。私なんかせっかちだからあり得ない。木曜日の夜には絶対出しますね。どんなに遅くても夜中の三時、四時頃までには送ります。
三谷　金曜日の三時、四時？
清水　正確には金曜になってるけど、私の頭の中では「木曜日の夜にね」って言ったらそういうことです。
三谷　でも金曜日の朝四時ぐらいといえば、どうせ相手は寝てるわけだから、出社する昼過ぎに送っても同じじゃないですか。それはどうなの？
清水　それはその人の判断なのでわかんないですけど、細かく言わない、という優しさのルールだということは確かです。
三谷　「金曜日いっぱいが締め切り」って言われたら、土日は休みだから、正確には月曜の昼までOKだって考えちゃうんですよ。
清水　それは怠け者の屁理屈ですね。「金曜日いっぱい」って言ったら、金曜日いっぱいに出してください。ゴミもそうですよ。ちゃんと守ってください。どれだけカラスが来るか。
三谷　ゴミと仕事をいっしょにしないでほしい。

清水　同じようなものですよ。ゴミのほうが大変なくらい。おととい、ドッと疲れたんですけど。ダンボールを出したんですけど、あれってびっくりするほど疲れるね。
三谷　そうですね、金具も全部外さなきゃいけないし。糊《のり》も強いし。
清水　手首も痛くなっちゃって、結構な体力だよね。あれは知ってます？　ＣＤ一枚捨てようとしたら、ケースの中の紙とかも取らなきゃいけないいんだってよ。
三谷　そうなんだ。大変だなあ。
清水　大変ですよ。中の紙、出すのも面倒くさいもんね。
三谷　それで今日の清水さん疲れてるんだ。
清水　違いますよ。スポーツジムに行ってきたからです。ジムでインストラクター同士の話がチラッと聞こえたんだけど、「B'z の松本さん、これを毎日五百回やってんだよ。俺たちでもできないよなあ」って感心してるんですよ。
三谷　一体何を五百回？
清水　わからないけど、どんなことでも五百回はすごいですよね。しかも毎日。
三谷　相槌だって毎日、五百回うつと、相当疲れますもんね。
清水　いっしょにしないでくださいよ、そこのスポーツジムってやっぱり、そういう芸能界とかスポーツ界の方がすごく多いんですけど、今日私が走ってる横に誰がいたと思う？　ちょっとびっくりしますよ。
三谷　小泉総理？

清水　あっ、惜しい、鈴木宗男さん。
三谷　それはすごい。
清水　自分の中で「田中眞紀子でございます」ってやりたくてしょうがなくって。だけど、自分の中で田中眞紀子になりきってる自分と、並んで走ってる宗男さんとの関係が、すごくおかしかったですね。その面白みに気が付いてるのは私だけなんだけど。
三谷　へぇー、鈴木宗男さん、頑張ってるんだ。走り続けてるわけですね。
清水　あとね、スポーツジムでいいこと聞いたんだ。
三谷　あっ、はい、ぜひ。
清水　姿勢を良くするのにね、ボウリングの玉ってあるじゃないですか。
三谷　はい。
清水　あれを真上に持つとまぁ、楽だよね。
三谷　ボウリングの玉を真上に持つ？　結構、重いですよ。
清水　重いけど、真上だったらそうでもないじゃん。ところがちょっと斜めだったらすっごいしんどいじゃん。
三谷　ああ、バランスが崩れるとね。
清水　それといっしょで、「あなたの頭はボウリングの玉のようなものですから、常に真《ま》っ直《す》ぐ」ほらっ、今、曲がってるでしょ？　「真っ直ぐのっけてごらん。きちんとしようと思うでしょ」と。わかった？

三谷　あっ、そうなんだ。

清水　人生も。そういうふうに思って姿勢を正してください。三谷さんはいっつも斜めになってこうやって「三谷幸喜です」って歩いてるでしょ。それを真っ直ぐにするところから直したほうがいい。

三谷　でも斜めになってたほうが力がいるわけじゃないですか。その分、鍛えてるってことじゃないのかな？

清水　違うんですよ。無駄な圧力をかけてるだけで鍛えてないんですよ。その分、からだも心もねじれていくんですよ。だから、まずは今日からボウリングの玉を頭にのせて生きてみてください。

三谷　僕もスポーツジムに通っていて、そこでインストラクターの方にいい話を聞いたんですけども、僕、まぁ、からだのバランスが悪いわけですよ。頭でかくて、なで肩なんで。

清水　バランスが悪い三谷さんは、学生時代何て言われてたんだっけ？

三谷　仮分数（笑）。

清水　（笑）何回聞いても面白い。

三谷　分子のほうが分母よりでかいからね。

清水　「約分しろ、約分しろ」と言われてる。

三谷　（笑）仮分数の僕なんですけども。じゃあ、首から上がでかすぎる時にどうするかっ

清水　て言うと、日本人の考え方はいかにして顔をちっちゃくするかってみんな考えると。
三谷　小顔グッズとか売ってますもんね。
清水　でも、アメリカ人の考え方はむしろいかにしてからだをでかくするか。
三谷　なるほど、分母を鍛えようとしてマッチョになるんだ。
清水　だから、なで肩の時はどうすればいかり肩になるか。何をプラスしていけばよりよくなるかって考え方をすると。逆に日本人は削ることしか考えてないと。そこが日本人とアメリカ人の大きな違いであると。
清水　それは日本人の美徳感覚と同じですよね。絵がそうじゃないですか。あっちはほらっ、ベタベタベタベタ油絵とかどんどん足して、遠近法だなんだって趣向を凝らしていくけど、日本人は墨絵のように、いかにして余白を作ってみせるかで決まる。
三谷　遠近法を否定するとね、大変なことになりますよ、清水さん。
清水　え？　どこかの業界から私、追放されるのかしら？
三谷　（笑）絵画界を敵に回すことになる。江戸時代に初めて遠近法で歌舞伎の背景を描いた人がいるんですよ。それをお客さんが見た時に度肝を抜かれたって。
清水　どういうこと？
三谷　奥のほうにすごい広がってるように見えたんだって。向こうのほうまであるっていうふうに見えて、ものすごく驚いた。
清水　初めて立体映画を見た時みたいな驚きかな。思わず手を出したりして。

三谷　清水さんは、すぐそうやってね、どっちがえらい、どっちが馬鹿だとかね。
清水　（笑）馬鹿って言ったことないんですけど。
三谷　すぐこう二つに分けたがるんですけど、そうじゃないんです。二つ意見があっていい。
清水　なるほど。
三谷　お金払う時も日本人は千円札出して、で、お釣りいくらみたいな感じじゃないですか。でも、向こうの人は足していくじゃないですか？
清水　なにそれ？　六百円払う時に百円玉を一枚、二枚って出すってこと？
三谷　だから僕たちの考えは、千円出して商品が六百円だとしたら千円引く六百円で四百円じゃないですか。
清水　うん。お釣り四百円です。
三谷　でも向こうの人の考え方は六百円に百円足して七百円、二百円足して八百円、九百円、千円。あっ、四百円足したら千円になるんだって数える。
清水　向こうの人から叱られますよ、三谷さん。そんなわけないでしょ。向こうの人だって引き算はあるんだから。
三谷　違う、違う（笑）。そういう計算の考え方があるんですって。それだけ考え方が違う。どっちがいい悪いじゃないですよ。
清水　え〜、でもクールなのは引き算で考えるほうですよね。
三谷　だからマイナス思考って言われるんですよ、清水さん。

清水　私が？（笑）どちらかといえば三谷さんでしょ。
三谷　僕はすべてにおいてプラス人間です。
清水　私たちの遠近法のない会話はこの辺で。

ついでの話〈遠近法〉
　立体あるいは奥行を平面上に表現する絵画の技法。透視図法を基礎においた線遠近法と、色彩や陰影の変化を利用した空気遠近法がある。ルネッサンス期に確立された西洋画の手法であるが、日本では江戸時代、遠近透視画法を取り入れた「浮絵」が生まれた。絵が浮き出して見えることから「浮絵」と呼ばれたというが、三谷幸喜と清水ミチコの二人の存在感が浮き上がっているようなこの番組の人気の秘訣は、二人が浮世離れしているから……とも言われている。

動物は元々、頑張るとかそういうことしないんですよ。——清水

でもうちの犬は少なくとも頑張りますよ。——三谷

清水　ずーっと前ですけども、三谷さんに「らくだの涙」っていう映画の話したの覚えてる？　モンゴルの映画なんですけど。

三谷　はい、なんとなく覚えてます。

清水　ホーミーを聞かせると、らくだが泣くんだよって話をしたと思うんですけど、この間テレビ欄を見てたら「世界ウルルン滞在記」に「安めぐみがモンゴルでホーミーを習う」って出てたんです。安めぐみ、モンゴル、ホーミー、この三つ大好きなんですよ。

三谷　僕も、安さん大好きですよ。

清水　安さんがモンゴルでホーミーを習うんですけど、空気がすごい薄いところだから、ちょっと真っ青な顔してホエ〜ッてこう、練習してらっしゃるの。

三谷　見たかったたな。

清水　番組の中で「らくだにホーミーを聞かせると、らくだは泣くのか」って企画があって、安さんと、教えてくれたモンゴルの方たちが「ホェ〜ッ」て上手にホーミーやりだして。そしたらやっぱり、らくだ、ポロポロ泣いたんです。

三谷　泣くんですか？

清水　本当に泣くのよね。ホーミーって声じゃなくて、頭蓋骨を共鳴させるんですけど、癒しの効果がモーツァルトの曲よりもあるんだって。
三谷　清水さんもできるんですよね。
清水　私も、もらい泣きしながらホーミーもしたんだけど、子どもがさ、「気持ち悪いからやめてくれ」って言うのね。なんだか自分が遠くに行っちゃいそうなんだって。
三谷　ちょっとやってみてくださいよ。
清水　遠くに行きたい？　「ホェ〜〜〜」。
三谷　これがホーミー？
清水　ホーミーに近いと思うよ。
三谷　じゃ、ホーミーじゃない場合の「エー」をやってみてくださいます？
清水　エ〜〜〜。
三谷　出川哲朗さんは？
清水　「ヤバイヨ、ヤバイヨ〜」
三谷　（笑）それ、ホーミーじゃないですか。
清水　だから出川さんの声はすごく癒されるでしょ？　揺らぎがあるから。
三谷　違いがわかんないんですけどね。
清水　違いっていうか、私の声がたぶんヘタなんじゃない？
三谷　元々、ホーミー……。

清水　ホーミー声を出そうとすると、出川さんに近いっていうだけで。
三谷　こつは？　頭蓋骨に響かせる？
清水　そうそうそう。ホェ〜〜〜。そうすると二重に聞こえるはずなの。
三谷　ホェ〜〜〜。
清水　あっ、ちょっとうまい。
三谷　でもらくだが泣くっていうのがまずわかんないですよね。本当にその故郷を懐かしんでるのか。
清水　何で泣くんだろうね。不思議だね。
三谷　もしかすると頭蓋骨を揺らした波長が、らくだの頭蓋骨と共鳴して、脳を揺らしてるのかもしれない。「うわぁ、痛いよ、痛いよ。止《や》めてくれ〜」って。
清水　痛みの涙？　あのね、痛いなら泣く前に逃げると思います。
三谷　いや、カメラも回ってるから、我慢してるんじゃないですか、ここで逃げたら番組も終わりになっちゃう。ここに来る交通費もかかってるし。
清水　らくだは、そんなこと一切気にしない大物ですよ。いっつもクッチャクッチャなんか食べてるよ（笑）。すごいやる気ない顔してるよね？
三谷　らくだは見た目でね、ちょっと損してますよね。
清水　見た目、超悪いよね。
三谷　ただ逆に頑張った時に「わぁ、こいつ頑張った」ってみんな思うのかもしれないです

清水　ね。あのやる気のないやつが、よくぞここまでって。らくだが頑張ったことあるか？　しぶしぶ立ち上がってしぶしぶ荷物運んで。
三谷　やる気ないのかな？
清水　動物は元々、頑張るとかそういうことしないんですよ。生きてるだけで丸儲《まるもう》けなんですよ。
三谷　それはさんまさんですよ。でもうちの犬は少なくとも頑張りますよ。やっぱり、飼い主っていうか、僕に褒めてもらいたいと思って一生懸命やってますよ、いろいろ。
清水　あれは習性ですからね。
三谷　そうやってバッサリ切り捨てられるとね、僕も傷つくし、犬を飼ってるみんなも辛いと思うな。
清水　そうかな。でも最近、外を歩いてる時に犬を見ると、散歩してる姿が明らかにうれしそうなのよね。
三谷　いや、彼らは本当に喜んでますよ。楽しいですもん。
清水　本当、好きそうだね。それで「ちょっと雨の日は、ちょっと嫌そう」だって。糸井さんが本に書いてましたね。やっぱりちょっと嫌なの？
三谷　うん。ホントは雨でも外に行きたいんですよ。
清水　そうらしいね。でも「はねられたり」するのは嫌なんでしょ？
三谷　はねられるの？　車に？

清水　車にはねられるわけないでしょ。雨水に決まってるじゃん。

三谷　うちのは多少の雨は無視してますね。うちの近所にクレープ屋さんがあるんですよ。そこは犬を連れていっていいお店で、うちの犬はそこに行くのが楽しみでしょうがないわけですよ。行くとね、クレープを少しだけもらえるんです。で「明日、あそこの店に行くよ」って言うともう、前の夜から楽しみでしょうがないみたいなんですよ。

清水　わかるんだね。

三谷　わかる。で、朝になったら「行きますか、まだですか」みたいな感じで待ってるんですよ。

清水　飼い主はわかるもんね、そういう犬の気持ちが。

三谷　それで、「さあ、じゃあ、お店行こうか」って言ったら、もう舞い上がって、ブワッて先にこう玄関に走っていくんです。で毎週同じ曜日に行ってるんですけど、昨日、僕が、ちょっと間違えちゃってお店に行く日なのに「さあ、公園行こうか」って言っちゃったわけですよ。犬のほうは「さあ」って言った瞬間にもう、お店に行くと思って立ち上がったにもかかわらず、僕が「公園」って言っちゃったから、「ええっ？」っていう顔して。

清水　（笑）本当に？　錯覚じゃないの？

三谷　いや、本当に、もう行こうとして、ガクッみたいなね、いい顔してましたね（笑）。

清水　（笑）バンザイ！……ナシよ。連れてってやんなよ、可哀想に。

三谷　仕方ないから、連れて行きましたけども。「驚きましたよ、さっきは」みたいな。本当、そんな感じで歩いてましたね。
清水　犬ってそういうとこがいいなあ。顔に出るんだよね〜。
三谷　出ます、出ます。夏になってどんどん暑くなってるじゃないですか。留守の時どうしてます？　空調とかつけてます？
清水　つけてないですね。
三谷　もう、蒸し風呂状態ですよ。猫は大丈夫？
清水　だから窓とか全部閉めきると怖いんですよね。今んとこ、一人で留守番させたことないんですけど。今度の旅行の時にはちょっと悩みの種なんです。三谷さん家は、空調つけっぱなし？
三谷　うちは、エアコンがあんまり好きじゃないですね。彼らは家の中でどこが涼しいかっていうのをもう、わかってるんですよ。
清水　そうだよね。
三谷　だいたい、みんなお風呂場に集まってますね。タイルだから。
清水　あっ、冷たいんだ。
三谷　うん。
清水　しかも夫婦仲も冷え切ってるもんね。
三谷　う〜ん……（笑）。

清水　笑え！（笑）

三谷　そんなことはないよ。

清水　まじめに言うな（笑）。

三谷　（笑）温かい家庭ですから。

清水　楠田枝里子さんが大の猫好きなんですけど、「やっぱりね、旅行する時は、ペットホテルに預けるのがいいんだろうなってことがわかってるんだけど、狭い中に入れちゃうわけじゃない、そうするともう心配で海外のロケとかも少なくなりがち」って言ってましたよ。その点、犬はいいよね。行こうと思えば連れて行けるもんね。

三谷　でも飛行機に乗せる時は離ればなれだし、なんか可哀想で。

清水　そっか、犬も不安だよね。「何、何これ？　どこ？」なんて感じで。

三谷　どこに連れて行かれるかもわかんないわけですからね。

清水　まぁ、そんなこと言ってると本当、ペットって飼えないしね。

三谷　生き物ですから、やっぱり。アイボとは違う何かがありますよね。

清水　アイボを持ってて言ってるの？

三谷　アイボはね、ちょっと貸してもらったことあるんですけど。

清水　借りたんじゃだめですよ。だけど、「徹子の部屋」で劇団ひとりさんがアイボといっしょに出た時に黒柳さんがすごい感動してたのを見て、「そっか、そんなにいい物なのかなあ」と思いました。

三谷　いや、でもね、犬を飼ってる人間から見るとやっぱりアイボは、アイボですよ。
清水　だから飼う前の人間にはいいんじゃないかしら？　お年寄りなんかも癒されてるというし。
三谷　アイボって相棒から来てるのかな。
清水　人工知能の「ＡＩ」と目の「ｅｙｅ」そして「相棒」をかけてるんだって。
三谷　目のｅｙｅもかけてんだ。なんでかけなきゃいけないの？
清水　可愛いじゃないですか、イメージが。もう、アイが可愛いからね。歌手のａｉｋｏさんもそうですけどね。
三谷　イボはちょっとね。
清水　（笑）イボはね、ちょっとね、消したくなりますけど。
三谷　「あっ、イボ！」って言われたくないし。
清水　三谷さんを消してもいいけど。
三谷　昔ね、パルコ劇場にアイボがいたんですよ、あれはパルコの持ち物だったのかな？
清水　オープニングなんかで出てくるの？
三谷　楽屋のたまり場みたいなのがあるんですけど、そこにいつもいて、みんなで可愛がってましたけど。
清水　なんか自分で充電しに来たりするんでしょ？　そこは切ないよね。
三谷　で、名前をつけてあげたんですよ。ホントはなんか違う名前だったんだけど、僕が登録し直しちゃって。違う名前にしたんです。
清水　なんて名前にしたんですか？
三谷　パルコ劇場って渋谷にあって近くには、シアターコクーンっていう劇場がもう一つあって、結構、ライバル状態なんですね。
清水　あっ、イメージがなんかね、うん。
三谷　で、パルコの人に内緒で「コクーン」ってつけちゃったんですよ。
清水　なんてことするんですか（笑）。
三谷　「コクーン」って呼んだら「フンフン」っとかって言って近寄ってきて。可愛かった。
清水　今、パルコ劇場の人がコクーンじゃなくて「ガック〜ン」って来てますよ。

ついでの話〈ホーミー〉

一人で二つ以上の音を同時に発声する、モンゴルの伝統的発声方法。十世紀頃、岩山を吹き抜ける風の音をまねたのが始まりといわれている。喉《のど》から絞り出す低い音と、倍音を利用した高い音を口腔内部で共鳴させて音にする。ホーミー通に言わせると、低音を出す時は、魚屋のおじさんの「へいらっしゃいらっしゃい……」のかけ声をイメージすると出しやすい……らしい。また清水ミチコいわく、頭蓋骨から声を出す感じで音を出すのだそう。試しにいろいろやってみたが、口の中で「う」と「い」を同時に発音しながら「ゆ」の音に変化させて、頭のてっぺんに振動させていくとホーミーっぽく聞こえる。一時期ユーミンの歌がホーミーっぽいという噂があり、それを実証するため、NHKのドキュメンタリー番組「松任谷由実　モンゴルをゆく　神秘の歌声　ホーミーへの旅」（一九九六年十一月二十三日）が放送された。ってことはユーミンの声も出せる清水ミチコは、ホーミーも出せて当たり前ということになる。

もんじゃ焼きって終わりがないっていうか、まだ入るような気がするし……。——清水

終わりもなければ、始まりもないみたいなところありますけどね。——三谷

清水　今週私は、もんじゃ焼きの専門店に行ってきたんですけど。
三谷　僕は、もんじゃ焼き大好きですよ。
清水　本当に？　お好み焼きよりおいしいと思う？
三谷　お好み焼きよりも何よりも好きですね。ピザより好き。
清水　（笑）ピザってあなたの中でそんなに高い位置にあるとは知りませんでしたけど。
三谷　もんじゃ、ピザ、お好み焼きの順番かな。
清水　丸いもんで全部考えてんだね。たこ焼きはもっと下？
三谷　ああ、いいとこつきますね。たこ焼きも好き。じゃ、もんじゃ、たこ焼き、ピザ、お好み焼き、……タコス。
清水　私は、東京出身じゃないし、もんじゃって大人になって知ったんですね。
三谷　僕もそうですよ。東京育ちだけど大人になってですよ。昔は食べたことなかった。
清水　あっ、そうなの。で、もんじゃ焼きって終わりがないっていうか、まだ入るような気がするし……。わかります、言ってること？

三谷　終わりもなければ、始まりもないみたいなとこありますけどね。
清水　始まりはあるんですよ。でも終わりがない気がしてもう一枚食べようかなって思って、もう一枚注文する。
三谷　ちょっと待ってくださいよ。もんじゃを一枚、二枚って言うの？
清水　じゃ、なんて言うの？
三谷　ワンカップ、ツーカップ？
清水　（笑）もんじゃ焼きを一つください。食べた、まだ食べられるような気がするじゃん。もう一つって延々続きそう。逆にいえば満足感が得られない。
三谷　お菓子感覚がちょっとなんかあるから。ちょっと駄菓子っぽいですもんね、それこそね。
清水　もんじゃ焼きを馬鹿にすんな！
三谷　駄菓子を馬鹿にすんな！（笑）
清水　もんじゃって本当は「文字焼き」から来たんでしょ？
三谷　あっ、そうなんですか。
清水　文字が書けるところからできた名前らしいよ。
三谷　どこに書くの？
清水　鉄板に決まってるでしょ。
三谷　もんじゃの汁で書くってこと？

清水　そうそうそう。
三谷　お好み焼きのほうが書きやすいような気がするけどな。
清水　生地がドロッとして書きにくいじゃないですか、お好み焼きだと。何て書いたか読めないじゃん！
三谷　もんじゃだって細かい字、憂鬱《ゆううつ》とか書けないですよ。
清水　憂鬱なんてそうそう書く必要性がないです。とにかく難しいのは小さいへらで食べるじゃん。
三谷　うん。
清水　なので、どれだけ食べても胃が上手に拡張していく感じ、私のイメージでは。
三谷　まぁ、もんじゃっておつゆみたいなもんですもんね。清水さんにとってはいくらでも食べられることは良くないことなんですか。
清水　私は、肥満との戦いを常にしてる人だから（笑）。
三谷　僕は、よくうちの奥さんとお好み焼き屋さんに行きますけど、最初にお好み焼きを頼んで、で、最後にもんじゃ。
清水　え？　最後なんだ？
三谷　ですね。
清水　あの、二人の仲に水さすようですけど。
三谷　水ささないで。

清水　焼きそばはいらないの？　お宅。

三谷　ん？　お好み焼き食べて、さらに焼きそば食べるんですか？

清水　いっつも迷わないの？

三谷　っていうか、「いつものやつ」って言ったら「お好み、お待たせしました」みたいな。だからいちいち悩まない。

清水　私は、いつもすごい葛藤《かっとう》してますよ。

三谷　広島風は焼きそばがお好み焼きに入ってますからね。

清水　そうなの、そうなの。そうすると焼きそばはもうお好み側に付いてるじゃん。でも焼きそばの良さってスルスルスルッていうところなんですよ。

三谷　はい。ズルズルズルッて感じですけどね。

清水　じゃ、お好み焼きの良さは？

三谷　ベタベタベタベタ？

清水　そうそう。よく付いて来たね（笑）。さあ、難問に入るよ。もんじゃ焼きの良さは？

三谷　そこなんですよ。

清水　そこなんですよね（笑）。

三谷　もんじゃ焼きの何がいいかっていうと、食べている間にどんどん楽しみ方が変わってくるわけですよ。

清水　ちょっと遊びが入ってるからね。

三谷　ていうか、もんじゃ焼きすべてが遊びみたいなもんですから。最初、キャベツなどの具で周りを囲むわけですよ。
清水　なるほど。もう、そこからちょっとおもちゃっぽいもんね。
三谷　楽しいですよ。そこにおつゆを垂らすと。
清水　そうそうそう。おつゆをジュワワワワって。
三谷　全部、垂らしちゃだめですよ。
清水　……ってうるさい方がいるのも、もんじゃ焼きの特徴だね。
三谷　当たり前ですよ。もんじゃ奉行は多いですよ。まずつゆは三分の一。で、それがブツブツブツブツこうたぎってくるわけですよ。穴が開いてくるっていうか。
清水　そうそうそうそう。
三谷　泡だってくる。そこで一回、周りのキャベツを崩します。
清水　えっ、そこで崩すの？　へぇ～。
三谷　で、ぐじゃぐじゃにします。ぐじゃぐじゃにしてもう一回、周りに広げます。それから、真ん中開けて残った三分の二のおつゆの半分を入れます。また広がりました。で、同じことを繰り返します。で、最後にもう一回、広げて、残ったおつゆを入れて……がうちのやり方ですけどね、最後にグツグツになってきたとこで、ぐじゃぐじゃにして、そこの上に例えば青海苔《あおのり》とかかける時はかけて。で、それをこそげながら食べていく。

清水　なるほど。三谷流クッキングでした。でも私が行ったのは、もんじゃ焼きの本当の通の店で、やっぱりすごく口も出されるんですけど。
三谷　唾《つば》も出る？
清水　まず鉄板の一面に薄いクレープを作ってくださいましたね。それで「これがほらっ」って持ち上げられるんです。
三谷　えっ、もんじゃを手で持ち上げられるんですか？　それは顔パックみたいな感じでしょ？
清水　まさにそうだった。薄い感じで。
三谷　へえ、クレープみたいなんだ。キャベツはどうなってるんですか、その時。
清水　キャベツは、そのクレープにちょっと絡まれたくらいなやつを食べてくださいって感じですね。
三谷　じゃ、キャベツの量が少ないんだ。
清水　いや、普通の量だったけど、とにかくそこの奥さんがね、淡路恵子そっくりの声だった。「こんなふうにしてね、こういうふうに焼いていくのね。淡路恵子でございます」
三谷　ちょっとホーミーっぽい感じだ。
清水　ホーミーは「ホェ〜〜〜」。「淡路恵子でございます」ちょっと鳳啓助っぽいでしょ？
三谷　たしかに。
清水　食べ物の話をしてるところに、また差し入れがありまして、今、私たちの目の前にはあんこ玉が。

三谷　これは、珍しいですね、見たことないです、こんなの。

清水　これは芋ようかんで有名な「舟和」さんが、あえてあんこ玉にしてみましたという作品なんです。全部でね、九つの味があるんです。ゆず、コーヒー、抹茶、いんげん、杏、巨峰、あずき、紅茶、いちごとありまして、私はあずき。

三谷　えっ、ちょっと勝手にあずき、選ばないでくださいよ。

清水　あずき一番好きなんだもん。あなたのとこにあるのは？

三谷　いちご、いんげん、抹茶、紅茶、杏、コーヒー。

清水　どうですか？

三谷　あ、しっかり甘くて。おいしいですね。

清水　表現下手だな。「これは芋ようかん界のＩＴ革命や〜」とかないんですか？

三谷　じゃ、清水さんが、お手本をお願いしますよ。この抹茶味で、理想的なコメントをお願いします。

清水　さあ、ラジオお聞きのみなさんに、このおいしさが伝わるといいんですけれども。芋ようかんで有名な「舟和」が新しく提案する画期的なあんこ玉。今、私の前には、抹茶のお味が出されました。色はきれいなんですけどね。食べてみるといったいどうなのかしら？

三谷　今んとこ、新しい情報は一つも入ってないです。

清水　「いただきます。うーん、苦くてまずい」って言ったらすごい新しいですけども。わ、めちゃくちゃおいしいですね、これ。いい香りです。

三谷　終わりですか？　期待させといて。

清水　やっぱりね、あんこはあんこだね。普通においしい（笑）。三谷さんは、饅頭《まんじゅう》とかタイ焼きとかは、皮の人、あんこの人？

三谷　皮ですね。

清水　あっ、本当。私、絶対あんこなので、皮派っていう人がいるのを初めて知りました。でもタイ焼きって、魚の形にしようと思ったアイデアが偉いですよね。

三谷　回転焼きとかどら焼きまではわかりますけどね。

清水　最近、回転焼きで中にお好み焼きの具材が入ったのがあるんですよ。

三谷　へぇ〜、それ手づかみで食べるんですか？

清水　そう。野菜も入ってて健康にもいいし、箸もいらなくて食べやすいなあっていう食べ物なんですよ。

三谷　ふぅん。食べたことも見たこともない。

清水　あの業界もなんか不思議だよね。どこでどう開発してこんな商品を作るのか。チョコバナナとかね。私バナナアレルギーなんですよ。だからチョコバナナは、ものすごいのどから手が出るほど食べてみたいんですけど、食べるとカーッとかゆくなるんで。

三谷　じゃ、周りのチョコだけ舐めて、中、捨てればいいじゃん（笑）。

清水　もったいない（笑）。おまえは女子高生か。
三谷　知らなかった。バナナだめなんだ。
清水　いつか、すごいかゆくなったことがあって、バナナも食べてないのにおかしいなと思ったら、子どもが私の口に入れたガムがバナナ味だったんですよ。それぐらいバナナ成分に弱い。
三谷　聞いといて良かったですよ。もう少しでバナナを送りつけるとこだった。
清水　バナナの贈り物……ずいぶん昭和な感じですよ。
三谷　あ、ちょっと、あんここぼしちゃった。
清水　あっ！　絶対、奥さんに叱られる（笑）。わあ、みっともない。それで電車乗んの？
三谷　いやいや、今日はタクシーで帰ります。
清水　あまりにハデにこぼしてて面白いから、ちょっと写真撮っとこ。
三谷　僕、すぐこぼすんですよ。
清水　よくこぼすね。
三谷　なんでだろう？　やっぱり、母性本能をくすぐるタイプだからかな。
清水　くすぐられるというよりは、殴りたくなるタイプですけど（笑）。

ついでの話〈もんじゃ焼き〉

江戸時代末期に、鉄板に小麦粉を溶いた汁で文字を書いたり、絵を描いて遊んだ後に、食べたのが始まりといわれる元祖ジャパニーズスナック。発祥地は浅草周辺説と、群馬県説があるが、現在、もんじゃといえば月島。月島界隈には、約七十五軒のもんじゃ焼き屋が軒を並べている。ちなみにもんじゃの食べ方には大きく分けて二つあり、具で土手を作ってダシを流し込むのは「月島流」、それに対して、お好み焼きのように大きく広げて焼くのを「千住流」などと呼ぶ。もんじゃ焼き屋さんの客をよく見ると、なぜか女性三人組が多い。三人だと、いろんな種類を食べられるからという説もあるが、真相は定かではない。この現象を「女三人寄れば　もんじゃの地へ」と呼ばれていたり、いなかったりする。

「鍋出して、儲かった」っていう歌をね？——清水

「儲かったソング」っていう曲。——三谷

清水　さあ、今週はですね、「三谷幸喜と清水ミチコのひと夏の経験スペシャル」というテーマでお届けします。

三谷　この一週間は大切ですからね。

清水　まずは私から言いますけど、この間「大銀座落語祭」っていうのがね、銀座で開催されていたんですよ。

三谷　へえ。

清水　いろんな落語会をヤマハホールでやったりとか、二千人ぐらい入るホールでやったりとか……。

三谷　銀座のいろんなスペースでやるんだ。

清水　そう。南原清隆さんとか、私とか、落語家じゃない人も呼ばれて。

三谷　え？　清水さんも落語をやったの？

清水　じゃなくて「色物」っていうことで、呼ばれたわけですよ。私は一時間もらって、ちょっとしたライブをやってきたんですけど。

三谷　知らなかったなぁ。

清水　そうなんですよ。あまり人に言ってなかったのに、客席に和田誠さん夫妻と、南伸坊さん夫妻がいらっしゃって、「超嬉しい」と思って。で、和田さんからは「明日行くからね」なんて電話もらったんで「じゃあ、もっといいものにしよう」と思って、その晩、オープニングをすごく考えたんです。

三谷　いつも以上に面白くしようと。

清水　旦那さんといっしょに考えたんですよ。まず場内アナウンス風に「本日は、ようこそいらっしゃいました」ってのが流れて、次にピアノの音が聞こえてくるんです。で、その場内アナウンスの声が、だんだんとピアノに合わせたようなしゃべりになっていき、幕が上がると「あれ？　生で弾いてたんだ」っていう感じにしようと思ったの。

三谷　ほー。それは和田さんたちが、客席にいるっていうのを知って、急にそうしようってことになったの？

清水　そう。オープニング部分は考えてあったんですけど、「もうちょっと趣向を凝らしてみよう」ってことで、私もちょっとやる気になりまして。

三谷　別に和田さんがいなくても、ベストを尽くしてほしかったです。

清水　すみません（笑）。それで、会場に着いて、そこの照明さんや音響さんと打ち合わせをしたんです。初めて会うわけですから、「申し訳ないんですけど、ちょっとややこしいんで、二〜三回リハーサルしましょうね」って。大切なオープニングで恥かくの、嫌じゃん？

三谷　頭ですからね。
清水　だから、一応前の晩に、「こういうことをしゃべりますよ」って進行表を渡して、入念にリハーサルをやりました。で始まったんですが、「それにしても～」って私のセリフで、音響さんがストップボタンを押しちゃったんです。若い女の子なんですけど。
三谷　え？　どういうこと？　何のストップボタン？
清水　なんていうの？　だから、私のオープニングのアナウンスコメントが流れてるMDデッキのストップボタン、三角ボタンっていうのかしら。
三谷　（笑）まあ形はどうでもいいですけどね。録音で流していた清水さんのナレーションを止めちゃったってこと？
清水　私も、ピアノで「よ～し、あのセリフがきたら、これでスタンバイだ」と思って、ピアノの前にこうやって真剣にいるわけ。そしたら、「それにしても～、みなさま」でピタッと止まって。
三谷　清水さん、自分の声に合わせてピアノを弾こうと思ってたのに、自分の声が止まっちゃったんだ。
清水　うん。そこでびっくりして振り向いて。でも、周りのみんなもなんで止めちゃったのか状況がわかんなくて、「何やってんの？」というよりあっけにとられた感じ。お客さんのざわめきも聞こえるし。全体をまとめている舞台監督も、「もう、カーテン上げていいですか」って言って、カーテン開いちゃうし。

三谷　最悪のオープニングじゃないですか？
清水　最悪ですよ。それで、仕方ないからとにかく「笑点のテーマ」を弾いてごまかしました。
三谷　そういうとこがすごいなあ……（笑）。
清水　まぁなんだか私も落ち着いてたんで、なんとか処理はできたんだけどさ。でもその女の子に、「どうしちゃったの？」って聞こうと振り向いたときに、「私、なんてことをしちゃったんだろう」っていう泣き顔なの。
三谷　音響の彼女は目の前にいるの？
清水　まぁ、ちょっと遠くですけど、見えるんですよ。
三谷　ミスの原因は何だったの？
清水　あとで聞いたら、「押しちゃいけない」と思ったら、余計緊張して、押しちゃったらしいんだって（笑）。
三谷　まぁそれ、言い訳にはならないですけどね……。
清水　ならないけど、でもほんと注意してもしょうがない状態っていう感じで、蒼白《そうはく》になってるの。私が注意したら、大変なことになりそうな雰囲気。
三谷　人生のストップボタンを押しかねない勢い？
清水　だから結局注意もできませんでしたけど、いろんな事故があるんだなあと思ってね。
三谷　出合い頭の事故みたいなものですよね。

清水　まぁアクシデントがあったので、なんとなく逆に取り返したい心理でいい感じになって、終わることができました。

三谷　そう思ったのは清水さんだけかもしれないです。

清水　（笑）いや、悪くはなかったですよ。レミさんも「今まで見た中で一番いいわよ」っておっしゃってて「あれ？　私、一時間バージョンぐらいのほうがいいのかな？」なんて思いましたけど（笑）。その日にね、レミさんから「実はミッちゃんに、お願いがあるんだ」って言われて。

三谷　なんだろう。

清水　「私ね、鍋でさあ、儲かったからさあ、今度さあ、CD出そうと思うのね」（モノマネで）って言って。

三谷　鍋ってドゥ！レミパンのことかな。

清水　普通さ、「CD出して儲ける」っていうのがアーティストじゃん。でもそうじゃなくて、「儲かったから、そのお金でCDを作る」っていうのが格好いいよね。私もレミさんに提案したの。「その気持ちこそ作詞して、アルバムに収録したらどう？」って。

三谷　「鍋出して、儲かった」っていう歌をね？（笑）

清水　「儲かったソング」っていう曲。

三谷　「儲かった音頭」みたいな？

清水　（笑）レミさん、音頭はどうかなあ。だって昔「カモネギ音頭」歌ってるから。

三谷　だってレミさんは「カモネギ音頭」でブレイクしたわけですから。

清水　「本当は私は、シャンソンを歌いたかったのにさあ、社長に『カモネギ音頭』歌ってくれって言われてさあ」って言ってましたよ。

三谷　CDはいつ頃発売になるんですか？

清水　まだわからないけど、ご主人の和田誠さんがたくさん作曲なさってて、それでいろんな方が、阿川佐和子さんとか、歌える女性が1フレーズずつ参加することになるみたいですね。羨《うらや》ましい夫婦だよね、そういうことができるってね。

三谷　素敵ですけど、その話に僕が全然関わってないのは、何なんでしょうか？

清水　三谷さんも歌ってくれるの？

三谷　ああ、そっちでもいいですよ。作ってもいいし歌ってもいい（笑）。

清水　歌えるの？　あなた。

三谷　その前に、落語会、なんで僕は呼ばれなかったんですか？

清水　いや「あの二人がなんで来たんだ？」っていうぐらいですよ。

三谷　誰にも声をかけてなかったんですか、清水さん？

清水　うん。でも、和田さんは落語も好きだし。この間も三遊亭円楽さんの本を、やっぱり和田さんが装丁してるから。

三谷　円楽さんの似顔絵が表紙のやつでしょう？

清水　そう、かっこいい本でしたよね。だから「大銀座落語祭」の情報にも詳しいんですよ。

南伸坊さんは銀座の近くにお住まいだし。

三谷　そうか……。まあ、僕もやりますよ、レミさんのCDなら手伝わないと。

清水　「やりますよ」って、もう終わろうとしてる話なんだけど。でも、レミさんのCDに三谷さんが活躍する場って、何かある？（笑）

三谷　（笑）何もないですけど……。

清水　作詞したいとかありますか？　そういうことを放送で言ったら、ものすごく大変なんじゃない？　自分で自分の首を絞めることになりますよ。

三谷　そりゃ、レミさんだったら何をおいてもやりますよ。

清水　できんの？

三谷　清水さんだったら、ちょっと……。

清水　あなたには高そうだから絶対に頼まないですよ（笑）。じゃ、レミさんがお願いするとして、たとえばテーマはなんですか？

三谷　なんだろうなあ？

清水　「レミパン」とかだめだよ。あと、私のアイデアもだめだよ。「儲かったソング」とか。

三谷　包丁はいい？

清水　包丁もだめですよ、黄色いやつでしょう？

三谷　よく切れますよ、レミ包丁。

清水　よく切れるけど。コマーシャルを歌にするんじゃなくて、やっぱりシャンソンですからね。

三谷　「レミと誠の散歩道」

清水　絶対恥ずかしい（笑）。やっぱり手伝わなくていいですよ。

ついでの話〈大銀座落語祭〉

落語界の衰退を憂いた春風亭小朝の呼びかけに笑福亭鶴瓶、林家正蔵、立川志の輔、春風亭昇太、柳家花緑が結成した「六人の会」が主催する落語祭。三回目となった二〇〇六（平成十八）年は七月十五日から三日間、銀座界隈の大小のホールで様々な落語会が催された。東京ではなかなか見る機会のない噺家さんも大阪から駆けつけ、上方落語会を開催したり、噺家の世界を描いた話題の映画、マキノ雅彦（津川雅彦）氏初監督作品「寝ずの番」の上映会があったり、南原清隆が出演する「ナンちゃんの落語会」など見所も盛りだくさん。その中でも特に異色だったのが、落語との接点はなにもない清水ミチコのソロライブであった。

よく、「泣かすのは簡単」って言うけど、本当はそんなことはないよね。——清水

いや簡単ですよ、今、泣かせましょうか?——三谷

清水　今日は感動映画の話をしましょうか?

三谷　泣ける映画ですか?

清水　この間、和田誠さんから「『子鹿物語』がすごく泣けるよ」って教えてもらって、期待して見たんですけど、やっぱりそういうやましい気持ちで見るせいか、ぜんぜん泣けやしないじゃない!　でした(笑)。

三谷　泣こう、泣こうと思って見るとね、意外と泣けないもんですよ。

清水　っていうかね、まぁ、言いにくいんですけど、吹き替えがすごくオーバーなんですよ。「まあああ!　あなた!　何を!　なさってるの〜」みたいな感じで感情込めすぎ。

三谷　吹き替えなんですか?

清水　吹き替えなんですよ。テレビ東京で放送したやつを録画したんですけどね。テレ東って気をつけて見てるといいのやってんのよね。

三谷　お昼とかにね。しかもわりと考えて構成してるんですよね。

清水　ほんとですか?

三谷　「ハリーハウゼン」シリーズとか。
清水　ハリーハウゼン？　誰？　役者？
三谷　アメリカの特撮映画の監督で、昔の、恐竜が出てくる映画とかガイコツが戦ったりする作品のシリーズとかやるんですよ。
清水　へえ。三谷さんが、最近見た映画って何ですか？
三谷　最近何があったかな？　「日本沈没」を見て泣いた人いっぱいいますね。僕はまだ見てないですけども。
清水　最近のリメイクのほう？
三谷　うん。やっぱりね、見慣れた景色が沈没していくと、やっぱりそれだけで泣けるらしいですよ（笑）。
清水　なんで笑いながら言うんですか？　日本が沈没するんですから。
三谷　失礼しました。もう大変なことです。
清水　私、筒井康隆さんの『日本以外全部沈没』っていうの読んでますよ。
三谷　それは笑えるの？
清水　もう愉快ですね、フランク・シナトラとか、あっちで今まで威張《いば》ってた人たちが、日本に対して「これまですみませんでした。日本以外沈没しちゃうんで、ここはぜひ何でも歌いますから助けてください」って歌ったり（笑）、何かすごい媚《こ》びてくるんですよ（笑）。

三谷　それも今度、映画になるんですよね？
清水　映画になるの？
三谷　たしか「かにゴールキーパー」を作った監督だったかな。
清水　河崎実監督ね。どうやって撮影するのかしら？　すごいね。
三谷　あと、泣けるのなんだろうな？　なんかねえ、「泣ける」って映画で泣いてる僕らを見て、作ったやつらが「フフフフッ」というのが嫌なんですよ。
清水　「してやったり、フフフッ」？　そんな監督いないけどね。
三谷　笑わせるために作っている映画は好きなんですけれども。
清水　よく、「泣かすのは簡単」って言うけど、本当はそんなことはないよね。
三谷　いや簡単ですよ。今、泣かせましょうか？
清水　結構ですよ、ホントに泣いたら悔しいから（笑）。
三谷　怒らせることもできますよ。
清水　怒りは簡単だと思う。でも泣くのは、三谷さんのように「泣いてたまるか」って人もすごく多いんじゃないかしら。泣きたいのに我慢してる。「泣かないぞ」っていう時に、柔らかい音楽とか掛けられるとね、「ウウッ」とくるよね？
三谷　まぁ、音楽はね、大事ですよ。
清水　何か揺さぶるもんね。あと、渥美清さんの顔なんかも意外となぜかこう……グッとくる。

三谷　渥美さんの顔で泣ける？
清水　泣けない？
三谷　わからないでもない。まあ特殊なっていうか、何か本物の顔って感じがしますよね。僕の知り合いで子どもの時に、テレビでいかりや長介さんを見るたびに泣いてた人がいます。
清水　なんで、なんで？　コメディアンの顔って何かがあるのかな？
三谷　その子は「何かおじいさんがすごい一所懸命やってる」って思ってそれが哀れな感じがしたんだって（笑）。
清水　失礼なこと言わないでください。イエローカード出しますよ。
三谷　まぁ、子どもだからね。
清水　まぁ、子どもってそういうとこあるのよね。言っちゃいけないことも平気で言う……。私がまだ小さい頃、「ばあちゃんは運動会に来ないで！」って本人に言ったんです。今思うと本当に悪いことしたの、おばあちゃん……。
三谷　おばあちゃんに言ったんですか？　そりゃ、だめですよ。
清水　『「ばあちゃんは来ないで』って言ったのに、なんで来るの！」（笑）
三谷　今、ばあちゃんの気持ちになってみたら、すごいショックだった。
清水　私だって、ずっと罪悪感を持って生きてきて、こうして自首して打ち明けたんだから、もっと、優しくなぐさめてくれたっていいんじゃない？　「でもおばあちゃんはわかってるよ。ホントの気持ちを」とか。

三谷　ん？　いやあ、あなたはそれだけのことをしましたよ。何回でも鞭打《むち》ちたいぐらいの行いです。

清水　三谷裁判官はきびしいなあ（笑）。

三谷　有罪！（笑）

清水　三谷さんの中で何か「いまだにあれは申し訳なかったなぁ」っていうのはある？

三谷　いや、僕はないですね。何一つ。

清水　（笑）絶対にあるって!!

三谷　僕は本当に誰にも迷惑をかけずにここまできた人間ですから。

清水　私にはいつも、迷惑かけてるじゃないですか。

三谷　僕が迷惑をかけるのは、清水さんだけですよ。ただし申し訳ないとは思わないな。

清水　私は、三谷さんの相手だけしてるわけじゃないのよね。この間も、野沢直子ちゃんと、それからダウンタウンの浜ちゃんの奥さんの小川菜摘さんに連れられて、新宿の二丁目に遊びに行ってきたんですよ。私は初めてだったの。

三谷　へえー。どうでした？

清水　ちょっと気負けするようなノリのママがいた。「（太い声で）あ〜ら、おとなしいじゃない？」みたいな感じで。「（太い声で）でもひどいでしょう、コレ整形したんだけどさあ、下手《へた》でしょう？　二万五千円だったのよ」。

三谷　安い整形ですね（笑）。
清水　元がわかんないから、「え？　いいんじゃないですか？」なんて私も言ってたんだけど、「とにかく安い整形には気をつけたほうがいいわよ」って、私たち一回もしてないのにそんなこと言われて（笑）。
三谷　まあ、今後のことを心配してくれたんじゃないですか？（笑）
清水　その日、私が楽しみにしてたのは、私ともう一人、韓国のトップコメディエンヌとして売れてる女の子がやってくるってことで、その子、日本語をすごく勉強して、日本語もしゃべれて、こないだはテリー伊藤さんのテレビ番組にも出てたなんていう方。
三谷　コメディエンヌ？
清水　そうそうそう。面白かったな。私に「お前有名か？」みたいな辛口ツッコミをするんだけど、かなり気さくで。
三谷　なんていう名前？
清水　ヘリョンちゃんっていうの。韓国では歌も歌ってるし、ドラマも出てるし、司会もしてるしっていうことで。うちらにも、二〜三曲歌を歌ってくださったりとかしたんですけどね。ソウルの久本雅美さんですって。
三谷　あ、そうなんだ。タレントさんって感じなんだ？
清水　菜摘ちゃんが、「新宿から家まで、タクシーで三十分ぐらい」って言ったら、「イナカか？」って言ってましたね（笑）。悪気がなくて、嫌みにもならずに面白いの。

三谷　彼女はなんでそんなに詳しいんですか、日本のことに？

清水　もうずっと勉強してるし、日本と韓国って二時間くらいじゃない。なのでしょっちゅう来てるんだって。もうすぐ日本でも本格的にデビューするらしいんですけど。

三谷　第二のボビー・オロゴンみたいな感じですね？

清水　ぜんぜん違うと思いますよ（笑）。

三谷　でも外国でその国の人を笑わせるって、ものすごいことですよね？

清水　まぁ、こっちが勝手に笑うっていうのもあって、その言い方とかが面白いから。浜ちゃんのことを「浜田」って呼べる人って、日本じゃなかなかいないじゃない？

三谷　彼女はたぶんもうわかって言ってるわけでしょう、きっと。

清水　もともとサッパリしているような感じの人でもあるよ。

三谷　たぶんねえ、「ここでこう言うと面白い」みたいなのは、リサーチしてるんですよ。そういうアンテナが発達してるんじゃないのかな？

清水　そうかな？　でもね彼女も言ってましたよ。「私、いつもサッパリしてる答えをして笑われる。でも日本人の女性こそまどろっこしい。質問されて答えてるのに、必ず『ホントに？』と聞き返す」って。私は「それ、ネタにすればいいじゃん」なんて言いながら別れたんですけどね。

三谷　日韓のＯＬ気質とか、サラリーマン気質の違いをネタにすると面白そうだね。

清水　日本人がやると反感買いそうですけど、彼女なら許される感じ。

三谷　僕にとっての清水さんのようなものですね。何をやっても……。
清水　許しません！

ついでの話〈チョ・ヘリョン〉
一九七〇年五月二十九日生まれ。漢陽大学演劇映画科、漢陽大学言論情報大学院放送学卒。一九九二年「大学ギャグ祭」（韓国KBS）でデビュー。その後、ドラマ「パンチ」「スマイルアゲイン」や、バラエティ番組「ハッピーサンデー」「！」など、韓国ではテレビで見ない日がないと言われるナンバーワンコメディエンヌとして知られている。日本では「サンデージャポン」（TBS）などに出演。「日本でテレビ出演の機会を得るため、テレビ局の廊下を行き来するディレクターにあいさつをし、日本人が好むという韓国産の海苔を配ったりしながら広報活動をした」と韓国のラジオ番組で日本進出の苦労話を語ったことがあるが、清水が海苔をもらったかどうかは定かではない。

実はここだけの話、うちのおじいちゃんは、ハチに刺されて死んだんです。
――清水
相当な、ここだけの話ですね。――三谷

三谷　今週は「清水ミチコと三谷幸喜の衝撃告白！　ここだけの話ウィーク」と題しまして、ここでしか話せない話に限って、ここで話し合っていきたいと思います。
清水　わかりました。
三谷　本当はね、「ここだけの話」っていうのは、ここでもしちゃいけないんですけどね。
清水　なんで？
三谷　どこでもしちゃいけないんですよ、きっと。
清水　(笑) はいはい。よくわからないけど、流していこう。あのね、いつも私の車を運転してくれるのは、マネージャーの高橋小百合ちゃんなんです。
三谷　高橋さん、運転も上手ですよね。一度家まで送ってもらいました。
清水　この間、車を車庫に入れるのに時間がかかっているなと思った時があったのね。で、もしかして何かあったんじゃないかなと心配になってた時に、高橋さんが青い顔して戻ってきたんです。
三谷　ええ？　轢《ひ》いちゃった？

清水　「あの～、駐車場に～」って言ったから、「ああ、もう猫だな」と私も心の中で覚悟を決めました。
三谷　まさか清水さんちの猫を？
清水　と思ったら、「ハチの巣ができてるんです」って言うのね。駐車場のところにハチの巣が二つできてるんですよ。この都会の真ん中の、しかも特に排気ガスで汚れたガレージに。
三谷　猫が無事でよかったじゃないですか。
清水　ガレージの中に、ちょうどシンメトリーみたいに、まるで大工さんが「二つ施しておきました」みたいな感じで鎮座してるんですよ。
三谷　ハチの巣って、なぜか結構シンメトリーですよね？　チームで競い合ってるのかな？
清水　そうなのかな？　何かそれも気持ち悪いのよね。
三谷　で、どうしたんですか？
清水　それでですよ、実はここだけの話、うちのおじいちゃんは、戦争中にみんな戦争で倒れたりしている時に、ハチに刺されて死んだんです、清水清作さんは。
三谷　あはははは。
清水　なんで笑った!!　清作じいちゃんに謝れ。
三谷　(笑)　相当な、ここだけの話ですね。
清水　そうですよ。ですから清水家の家訓として、「ハチをなめんな」と代々、ずっと言われて来たんですよ。ですから、私はすぐにですね、旦那さんのところに行って、「アレを駆除してくれ」とお願いしましたら、旦那さんが、「わかった」と掃除機を持って立ち上がったんですけ。

三谷　掃除機を持って？　吸い取るの？

清水　(笑)「できるんじゃない？」って。

三谷　ハチを？　えええ？　ムリでしょ。

清水　そう。それこそ、「なめんなよ」でしょう？　それで私は、家の中から猫を抱えながら、「アビちゃん、見てご覧。馬鹿が行くよ」って言って旦那の行動を見てました。

三谷　(笑)止めてくださいよ。またハチの犠牲者が出るかもしれない。

清水　そしたら案の定、ハチが騒ぎだしたんです。ハチの巣って、「こんなにいる？」っていうぐらいにたくさんのハチが一気に出てきたんでびっくりしましたね。

三谷　そうですよ。

清水　だってりんごぐらいの大きさなんだよ。

三谷　あ、そんなちっちゃいんだ。

清水　うん。それなのに、「そんなにいらしたの〜？」っていうぐらいに、ブァ〜〜ンって飛び出していって。で、うちの旦那も攻撃すればいいのに、そっちに行かないで立ちすくんでるから、「早く、戻ってきて！」って叫んで呼び戻しました。

三谷　ハチはどうなったんですか？　車出せなくなるじゃないですか。

清水　自分たちで退治するのは諦《あきら》めて、ハチの巣駆除業者を調べたわけですよ。インターネットで。で、電話をかけました。ちょっとこっちもパニック状態というか、お祭りのあとみたいにハイテンションになって、「(上ずった声で) もしもし？　駐車場に二つ、シンメトリーみたいな形で、りんご形のができてるんですけど」って言ったら、「あアシナガですね」って言われて。知るわけないじゃん？

三谷　まぁ、業者は冷静でいてもらわないと困りますけどね。

清水　さっそく、その日の夕方に来てもらったんですけど、男の人がガレージにやってきて。「ああ、これですね。はい、わかりました」と言って最初に何をしたと思う？　はい、クイズです。

三谷　お祈り？

清水　(笑) ブブー。祈りって、どんな妙な業者ですか。私は詐欺の被害に遭ったわけじゃありません。

三谷　今から大殺戮《だいさつりく》が繰り広げられるわけじゃないですか？　だからお祓《はら》いかな。「ごめんなさい、ハチさん」って。

清水　(笑) やっとれるか！

三谷　答えはなに？

清水　正解は、宇宙服を着るんですよ。

三谷　あ、そういうことか。あれでしょ、宇宙服じゃないけどね (笑)。ハチ対策の白いつ

清水　なぎだ。全身隠すやつでしょ。
三谷　上から見てると、宇宙人が上陸したみたいな感じで（笑）、私それがおかしくって。クスクスクスクスしてたら、「おかしいですか？」ってその人もおっしゃってた。
清水　どんなに小さいハチでも、そのくらいの対策が必要なんですよ。清水さんちのご主人がいかに勇敢か。掃除機片手ですからね。
三谷　知らないって怖いですよね。で、宇宙服姿でハシゴに上っていきました。その後どうすると思う？
清水　上って？　ハチの巣をつかむ。
三谷　え？　手で？
清水　手でつかんでそして振る。
三谷　（笑）そしたらうちは、どうなんのよ！　家中怒ったハチが暴れ出すじゃない。逃がしちゃいけないでしょ。
清水　ンフフフッ（笑）。
三谷　ンフフじゃないわよ。絶対おたくには頼みませんからね。
清水　あ！　わかった、わかった。何かでくるむんだ、袋で。
三谷　そうです、そうです。それで？
清水　で、バーンって潰《つぶ》すの（笑）。
三谷　（笑）手で？　私も「どうするのかな」といろいろ考えてたんですけど、さすがでし

三谷　たよ。あのね、虫捕り網みたいなのをパカッて全体に被《かぶ》せるんですよ。
清水　まぁ、ちっちゃい巣ですからね。
三谷　うん。するとハチたちは、「なんだ？　なんだ？」って巣から落ちてくるじゃん？
　で、落ちてこないやつももちろんいます。
清水　中で踏ん張ってるハチもいますから。
三谷　そこに、右手で強力殺虫スプレーをシューッとすごい長い時間やると、すごい量のハ
　チが落ちてきました。それで最後に網をこうまとめて、ポイッなんですよ。すばらし
　いでしょう？
清水　へえ。
三谷　巣が二つあったんで、宇宙人が二回同じこととして、無事に解決したんですけど。「奥
　さん、料金は二個分なんで、三万円になります」。三万円もするんだよ。
清水　いやいやいや、それは……。
三谷　「え〜、高いな」と思ったんですけど、その気持ちを察したのか「奥さん、二回目か
　らはどんどん割引になります」って言われた（笑）。
清水　（笑）そうか、じゃあ、また作るわけですね、彼らは。
三谷　そうなんだって。ハチって戻ってくるんだって。「去年もなかったですか？」って聞
　かれて、「去年はなかったです」って言ったら「たぶん近所のどっかに行ったんだと
　思います。だからまた帰ってくるかもしれませんけどね」だって。

三谷　巣ができあがる前に、気づくことはできないんですか？　突然、一夜にしてできあがるわけじゃないですもんね、きっとね。ところで清水さんのおじいちゃんはハチに刺されて亡くなりましたけど、僕の先祖は、遠い昔「元寇」ってありましたよね？　文永・弘安の役という蒙古襲来。

清水　ずいぶん遠い昔ですね。その話には多少、まゆつばが入ってるんじゃないですか。

三谷　いやいや、ほんとに攻めてきたんですよ（笑）。

清水　怪しいのは三谷族の話だったりして。

三谷　いや、とんでもないですよ。僕の先祖は対馬に住んでいたんですよ。蒙古が最初に押し寄せてきたのが対馬なんですよ。そこで、日本人で最初に矢に当たって死んだのが僕の先祖なんです。三谷家では有名な話です。

清水　（笑）失笑してる人が、そこかしこにいますよ。

三谷　僕の先祖を笑わないでください。

清水　なんで最初に矢に当たって亡くなったってわかったの？　代々言い伝えられて来たの？

三谷　当時の本に書いてあるんです。僕の祖母のほうの先祖で、「宗」っていう名字なんですけど。「宗兄弟」の「宗」。宗兄弟とは親戚じゃないですけど。

清水　「宗」って名前、ちょっとよさげな名前だね。

三谷　対馬のお殿様は「宗」家なんですよ。

清水　お殿様だったの？
三谷　うちは、その分家の分家の分家ですけれども。でも、やっぱり攻めてきたから、「これは戦わなきゃいけない」っていうんで、先頭に立って「こい！」って言ったら、ピシッて撃たれて死んじゃった。
清水　そうなんだ……。うちのおじいちゃんは、ハチが（笑）足に刺さって、「ウッ」って死んじゃった。刺されて死んだ同士ですね。
三谷　まぁ、清水さんのおじいちゃんには本当に申し訳ないですけど、いっしょにはしないでほしい（笑）。
清水　似たようなものでしょう（笑）。とにかくお互い、刺さるものには気をつけろという神からの啓示かもしれませんからね。

ついでの話〈ハチの巣〉
　ハチが幼虫を育てたり花の蜜《みつ》をたくわえたりするために作る巣。ハチの種類により形状はさまざまであるが、腹部から分泌する蠟質を集めて作る六角柱状の集合体のものが多い。
（三省堂『大辞林』より）
　厚労省の害虫発生状況の統計によると、ハチやハチの巣の相談及び駆除依頼件数は、シラミやダニ、ネズミなどを押さえてトップを占めているという。またハチの巣は七〜九月が最大規模となり巣の防御本能が増し、九〜十月は新女王バチの誕生で働きバチが攻撃的となっているので注意が必要。各自治体や保健所に連絡すれば、無料で駆除してくれることが多い。ただし予約が混《こ》んで待たされたり、緊急性がない場合は駆除を断られることもあるので、そういう場合は業者に頼むことになる。自分でハチの巣に立ち向かう場合に、絶対にやってはいけないのが、巣に水をかけて落とそうとすること。怒ったハチが水流に沿って飛んでくることが多いとか。掃除機は問題外である。

風間杜夫さんって、私「銀ちゃん！」でしか知らなかったんですけども。——清水

それはね、あまりに認識不足ですよ。失礼ですよ、風間さんに。——三谷

三谷　「衝撃告白！　ここだけの話ウィーク」、ウィークポイントのウィークじゃないですよ。今日はどんな話をしてくれるんですか、清水さん？

清水　こないだね、フジテレビの廊下歩いてたら、おすぎさんとバッタリ会ったのね。

三谷　おすぎとピーコのおすぎさんですね。

清水　「あら！」って私を見て「老けたわねえ」って言ったのね（笑）。メイクしてたんだけど、売り言葉に買い言葉で私も「お互いにねえ！」って言ったのね。そしたら、「もうほんとね、この女だけは口が悪いんだから」って言って帰られたんですけど。そういえば、私とおすぎとピーコさんとは、かれこれ二十年ぐらいのお付き合いになるのね。で、二十年前を思い返してみたら、やっぱりあのお二人はぜんぜん老けてない。

三谷　たしかにそうですね。イメージ的にも変わらないですもんね。

清水　他の人は、やっぱりそれなりに二十年経ったって感じなのにね。もしかして、ああやって、いつも明るくしてると老いとかを寄せ付けないのかな？

三谷　まぁ、たしかにそうかもしれない。暗〜い長寿の人、あんまりいないですもんね？

清水　（おばあさんの声で）そんなこたあ、ねえよ。
三谷　（笑）「（おじいさんの声真似で）わしはもう、駄目じゃ、生きる資格なんかねえだ」みたいな。
清水　あ、声優下手ですね？
三谷　いや、言おうと思えばもっと上手にできますけど。
清水　じゃあ、「楢山節考」で、坂本スミ子さんが言うセリフやって。
三谷　難しいところに、きましたね。
清水　難しいですか？　わかった。じゃあ、架空でいいや。「大きな古時計」のおじいさんが生きてた頃やってください。
三谷　待ってください。そういうふうに、僕を追い込むのはやめましょうよ。
清水　三谷さん、ラジオは手を抜いてるけど、ＣＭだと汗かきまくりで踊るらしいじゃないですか。今も踊ってくださいよ。
三谷　踊れと言われればねえ、踊りますけど。
清水　どうする？　今後町を歩いてて、「ちょっと、アレやって〜！　ＣＭで踊ってたやつ」。
三谷　もう最悪ですよ。あっ、それで思い出した。ここだけの話なんですけど、すごい落ち込んだことがあって。先日ある番組に出たわけですよ。僕クイズ番組とか、トンチで答える番組が、苦手なんですよ。トンチは結構きくほうだと思うんですけど、なんでだめかっていうと、やっぱりスタッフとかが自分にすごい期待しているのがわかるん

清水　ですよ。たぶん僕のイメージとして、クイズとかすごい博識で、何でも答える。

三谷　ああ、そういうイメージはたしかにある！

清水　でしょう？　よく清水さんは僕が出たがりだって言うけども、そもそもそういう番組に出ること自体、僕はそんなに得意ではないんですよ。

三谷　そう言いつつしつこく出てるじゃない。

清水　しかもひな壇で大勢いる中で、自分が手を挙げなきゃ答えられない番組とかあるじゃないですか？

三谷　ああ〜。それはできないでしょう、三谷さんは？

清水　絶対だめなんですよ。ほんとに出たくないし、出ても面白くする自信がないから、「だめだ」って全部断っているんですけれども、どうしてもちょっと出なきゃいけない番組があって出たんですよ。そしたら「僕に答えてほしい」ってわかるような問題が続々出てくるわけですよ。でも全部答えられないんですよ。全部僕の後ろにいた博多華丸さんが答えるわけですよ（笑）。

三谷　答えようと思ってるのに、先に答えられちゃうんだ。

清水　もう、僕はどんどんナーバスになっちゃって、落ち込んじゃって、で、博多華丸さんと大吉さんが、「今のは三谷さんが答えるべきだ」とかって言うんですよ（笑）。

三谷　冗談で突っ込むんだ、うん、うん。

清水　まあ、彼らは面白がらせる意味で言ってるんだけど、そういう言葉がもうグサグサ僕の心に突き刺さるわけですよ。収録中なのに、僕もうほんとにだめだ！　人間としてだめだって落ち込んじゃって。

清水　そうなるともう、余計脳みそにストッパー掛かるから……。

三谷　ほんとにもう、掛かっちゃいましたね。最悪でした。

清水　へえ～、三谷さんの動揺ぶり、絶対見なきゃ。

三谷　編集されてるかもしれないですけど「僕のタレント人生は終わったな」と思いました、その時（笑）。

清水　（笑）やっぱりタレント気分だったんじゃん。

三谷　短いタレント人生でした。

清水　でも、そうやって自己嫌悪に陥るっていうのは、芸人はみんな経験してることですけど、三谷さんは初めてだったの？

三谷　だから……。

清水　今までまああうまくいってきて、落ち込んで初めて大きくなるっていうのにね。

三谷　これをバネに、「タレントとして大きくなりたい」と思わないですからね。

清水　まあ上手にタレントと作家を「行き来」だね。

三谷　いや、だから僕がタレントっていうのは、本当にタレントさんに申し訳ないと思うからね、それはほんとですよ。

清水　でも、何かの番組で三谷さんを見た時、「あっ、やっぱりこの人は事前にちゃんと面

三谷　白いことを考えて出てるな」って感じがしましたよ。

清水　いや、それはそうですよ。だって、やるからにはやっぱり「期待に応えなきゃ」って思うじゃないですか？　だから応えられないと、落ち込んじゃうんですね。

三谷　なるほどな。じゃあ、もう今後は、クイズはやめときましょう。

清水　大喜利とか出たいんですよね。

三谷　ね〜（笑）。いつも出たい気持ちと出たくない気持ちと両方あるんですよね。

清水　大喜利はすごい出たい気持ち、一〇〇％。あれ、得意なんです。

三谷　落語といえば、「大銀座落語祭」に出たって言ったじゃないですか？　で、私が出まして、そのあとが柳家花緑さんと風間杜夫さん、で、最後は立川志の輔さんだったんですけど、風間杜夫さんってものすごく落語が大好きなの、知ってる？

清水　知ってますよ、落語家の役もやられているし、あと一人芝居もね、やってらっしゃるから。

三谷　そうなんだね。で、落語を一席なさるんですけど、それがものすごく上手で、もうびっくりしたのね。「タイガー＆ドラゴン」というドラマに出た時に、西田敏行さんが落語家の役で落語を一席しゃべるんだけど、それもすごいお上手だった。

清水　西田さんは本当になんでも達者ですからね。

三谷　で、ほんとの落語家と落語家を演じている役者と、どう違うんだ？　と思ったんだけど。

三谷　まぁ、よく言われるのは、噺家さんは芝居もできるけど、役者は落語ができない。

清水　そうなの？　よく言われるの？　それ。へ〜。じゃ役者なのに落語もできる風間さんとかすごいじゃない。風間杜夫さんって、私「銀ちゃん！」でしか知らなかったんですけども。

三谷　それはね、あまりにも認識不足ですよ。失礼ですよ、風間さんに。

清水　他にはなんですか？

三谷　え？「スチュワーデス物語」？

清水　もっと失礼でしょう（笑）。

三谷　風間さんって言ったら、僕らの世代で言うと、小劇場のスターですからね。

清水　そうなんですってね。やっぱりしょっちゅう見に行ってたの？

三谷　僕はあんまり舞台は見てないですけども……。

清水　お芝居がすっごい流行ってる時期ってあったじゃないですか、それこそ自由劇場やってたりとか。ああいう時期って。

三谷　つかこうへいさん。

清水　そうそう。しょっちゅう見に行ってたの？

三谷　いや、僕は行かなかったです。僕はその頃ちょうど、大学に入りたてですけども、アングラとかがだめで、あと新劇のわりと難しい芝居も苦手で、で、「ああ、ちょっとこれは僕に向いてないな、この世界は」と思ってたんですけど、唯一面白かったのが、パルコ劇場。その頃は西武劇場って言ってたんですけど……。

清水　そうだね。木の実ナナさん私も見に行きました。

三谷　そうそう「ショーガール」とかね。で、あそこで見たニール・サイモンの「おかしな二人」っていうのが、杉浦直樹さんと、石立鉄男さんだったんですよ。で、僕にとっては初めて、テレビで見る人が目の前でやってるっていう経験だったんで、その風間さんが落語をやったのといっしょで、すごく入りやすかったんですよね。「あの『水もれ甲介』だ！」って。

清水　そっち（笑）？

三谷　それで、すごくお芝居が好きになって、そこから翻訳ものは見るようにはなったんですけどもね。

清水　テレビの得なところというか、貢献してくださるところですよね？

三谷　そうですね、舞台をあんまり見ない人がね、テレビでよく見る人が出てると、それだけでうれしくなる。

清水　ちょっと安心するのかもね。そういえば「水もれ甲介」って、すごく面白かったんですってね、私、知らなかったですけど。

三谷　「甲介」は、名作ですよね。あと風間杜夫さんでいうと、「古畑任三郎」に、風間さんが出てくださった回があるんです。

清水　犯人として？

三谷　うん。僕は、全古畑シリーズの中で一番好きなんですよ、その回が。
清水　借りてみよう。
三谷　絶対面白いですから。自信作。もうね、ミステリでもなんでもないんです。その回だけちょっとコメディなんですけども。ま、全体的にちょっと「古畑」は変なシリーズですけど、その中でも特に変な回です。まあ、僕がこんなに言うのもおかしな話ですけど、その回は面白いです、本当に。
清水　へえ〜。じゃあ、ぜひ皆さんも、その回だけレンタルすればいいですね？
三谷　（笑）そう……ですね、まあ……。
清水　否定しろよ！
三谷　あんまり自分が言うのもなんですけど、もしアレだったら、ＤＶＤボックスを買っていただけると。

ついでの話〈「水もれ甲介」〉
一九七四（昭和四十九）年十月〜一九七五年三月まで日本テレビ系で放映された、石立鉄男主演の青春コメディドラマ。父の死をきっかけにジャズドラマーの夢をあきらめ、実家の水道会社を引き継ぐことになった熱血漢の甲介と、生真面目《きまじめ》な弟・輝夫、高校生の異母妹・チャミーこと朝美の三人が、下町を舞台に繰り広げる人情喜劇。甲介は石立鉄男、弟を原田大二郎、妹を村地弘美が演じていた。また森繁久彌をはじめ、左幸子や名古屋章など共演陣も豪華で、ＤＶＤボックスが発売されるほど今も根強い人気となっている。

ちなみに水もれとは、甲介の本名、三ッ森と、実家が水道屋で、毎回ドジをして水漏ればかりしているところからつけられたあだ名である。

事務所を辞めた理由の一つに、そのバーブラ問題があって。——三谷

どこまで小っちゃい男なんだ？——清水

清水　自宅は今、工事をしていて、朝から職人さんが二、三人いろいろやってくださっているんですよ。

三谷　清水ミチコの家だというのはわかってて工事をされてるんですか？

清水　うん。この間ちょっと話をしたら、「うちの娘がね、高校三年生なんですけれど、清水さんのファンなんですけどね、『お父さん、絶対に清水さんに田中さんって言っちゃだめだよ』って言われてるんですよ」って言われて、一瞬ちょっとわかんなくて。

三谷　どういうこと？

清水　「田中さんって言ったらね、清水さんは、田中眞紀子のモノマネをしなければいけないから、田中さんってだけは言っちゃいけないんだよって言われたんだ」って。

三谷　そういうことか。

清水　なるほど、お父さんに「田中眞紀子さんって振ったら？」って言う子はいるかもしれないけれど「そうやって止めるなんて、いいお嬢さんですね」なんて言って、「じゃあ、ミッちゃんTシャツ差し上げてください」ってプレゼントしたんです。翌日お会いした時に、「どうでした？　あのTシャツ？」って言ったら、娘を喜ばせようと思

って、Tシャツを袋からバラバラッと出したら「なんですぐ出すの？」って、すごく叱られたんだって。なんかね、娘さん、袋の状態から楽しみたかったんだって……。

三谷　まぁ、お父さんもちょっとデリカシーないですよね。

清水　昔の父親ってみんなそうですよ（笑）。私ずっと昔ですけれど、「ちょっとデリカシーないなあ」って思ったことがあって。ずっとずっと前のマネージャーさんなんですけれど。その人に「私、バーブラ・ストライサンドのCDが欲しいんで、それをついでの時に買ってきて」って言ったのね。そしたら翌日さっそく買ってきて私に手渡ししてくれたんだけど、もう封が破いてあんのね。「あれ？　もう何？　もう破いてくれたんだ」って。「いいえ、良さそうだったから一回録音しました」って（笑）。なんかデリカシーないなあ……（笑）。

三谷　それはなんですかねぇ？

清水　減るもんじゃなし、録音したっていいじゃん、なんだろうけどさあ。

三谷　ほんとですね。がっかりしますね。お菓子頼んだら「おいしそうだったから一口いただきました」ってみたいなことですよね。

清水　「うん、まぁそんな減るもんじゃないし……」みたいな感じ。しかもCDって減らないじゃん。

三谷　そうそう……。だから結果的に損はしていないだけに、余計腹が立ちますよね。

清水　（笑）けど、「袋開けたかったのか、自分は」と思うとそうでもないんだし。むしろね、

三谷　その手間が省けていいんだけれど。やっぱり「あなたが聞く前に一回、ちょっとやっておきました」ってのは、気持ちいいもんじゃない。
清水　「ちょっと一回Tシャツ着てみました」みたいな感じですかね？
三谷　ました、ました……って無印良品のキャッチコピーじゃないんだからね。
清水　さっきのあのバーブラ・ストライサンドの話ですけれど、思い出したんですけれど。あの人って、バーバラじゃなくてバーブラなんですよね。
三谷　うん、バーブラ。
清水　その名前で大喧嘩になったことがあるんですけど。
三谷　誰と？
清水　僕の師匠筋にあたる、水谷龍二さんという作家の方がいらっしゃって。
三谷　うん、なんか知っているぞ。
清水　僕、水谷さんの事務所にしばらくいたんですけれども。辞めた理由の一つに、そのバーブラ問題があって。
三谷　どこまで小っちゃい男なんだ？
清水　水谷さんはバーバラ・ストライサンドだと言うんですよ。
三谷　いいんじゃないの？
清水　いや、あれは僕は「あれはバーブラです」って言ったら「バーブラなんて名前はない」って水谷さんは主張して、「バーバラだ」「バーブラです」って……もう平行線で

清水　すよ。
三谷　（爆笑）。
清水　「あっ、もうこの事務所にはいられないな」って。
三谷　面白いね（笑）。そんな退職の理由があるなんて。
清水　でもね、本当にバーブラなんですよ。元々バーバラだったのをわざと一個Aを取ったんですよ。で、私はバーブラだっていう歌もあるくらいです。彼女にとってはバーバラって言われるのは辛いんです。
三谷　どの道そんなことで、事務所辞めるのはどうかと思いますよ。ノーブラですよ。
清水　それが小さい問題か、大きい問題かは一概には言えない。バーブラにとっては大問題ですし。
三谷　まぁね、夫婦でもそうですけれど。うちも今までは「まぁ、いいか……」って済ませてたような小さなことがきっかけで夫婦喧嘩になったことがあるんですよ。
清水　ありますよね。
三谷　でも、そういうカァ〜ッとなっている時に褒めてみたらどうかと思って……。
清水　喧嘩の最中に、旦那さんを褒めるんですか？
三谷　「何よ！　ちょっといい男だと思って……」って言ってみたら、たちまちのうちに笑顔になってんの（笑）。
清水　ああ……脱力しちゃう。

清水　相手も負かすし、自分もすごい勝利感に浸って喧嘩が終わりましたね。
三谷　自分も勝った感じがするんだ。
清水　うん、そうなんですよ。ぜひやってみてください。
三谷　それはね、許したご主人も立派ですよ。でもコップいっぱいにためた水に一滴入れただけで、それがバ～ッとこぼれるっていうのあるじゃないですか。
清水　ないよ、一滴入れただけなら、こぼれるのは一滴。
三谷　じゃ、水じゃなくてコップ一杯の牛乳にしましょう。
清水　（笑）ちょっと待ってください。液体の中身を言ってるんじゃないのよ。
三谷　いや牛乳のほうがイメージしやすい。
　　　それで表面張力でもう牛乳があふれんばかりになってる。
清水　ギリギリですね。
三谷　そこに百円玉を落とすわけですよ。一個落としてもまだもってる。
清水　ほうほう。
三谷　あれ意外にもつんですよね（笑）。表面張力を馬鹿にしてはいけない。
清水　ギリギリまできました。気が付かずに一枚……。
三谷　おや、まだ大丈夫。じゃ、もう一枚……。
清水　まだ大丈夫（笑）。
三谷　それが今の僕らであり清水夫妻なわけですよ、その状態が。

清水　どこの家もそうですよ。
三谷　でも最後の最後に、一枚入れた瞬間に、ブワッって……。
清水　ならないってば。
三谷　清水さんは一枚分だけこぼれるって思っているんでしょう？
清水　一枚分っていうか、三枚分くらいの容量。三谷さんの言い方だと、コップの水が全部空《から》になるくらいに、バァ～ッてなりそうじゃない？
三谷　そんなになるわけないじゃないですか！　常識で考えてください!!　自分の心のコップはもうあふれまくってますけどね。
清水　今なってんのか、もう（笑）。
三谷　つまり僕が言いたかったのは、喧嘩してる相手にしてみれば「今までと同じ十円じゃん。何度も今まで十円入れてたのに、なんでこの十円の時だけ水がこぼれるの？」っていうわけですよ。「そうじゃないよ。今までのお前が入れ続けていた十円は僕の心のコップをもう満タンにしてたんだよ」。
清水　カッコ悪い（爆笑）。
三谷　そんなもんですよ、夫婦喧嘩なんて（笑）。

ついでの話〈バーブラ・ストライサンド〉
一九四二年、アメリカのブルックリン生まれ。一九六〇年、ニューヨークの小さなクラブの歌手として活動開始。六二年にミュージカル「アイ・キャン・ゲット・イット・フォー・ユー・ホールセイル」に出演して評価され、同じ名前のサウンドトラックアルバムもヒット。グラミー賞十回、アカデミー賞二回、その他にも多くの賞を受賞する歌手・女優であり、歌手としては、エルヴィス・プレスリー、ビートルズに続く史上第三位の生涯売り上げを誇っている。若くして成功を手にした彼女は、その後も活躍の分野を広げ、七二年には制作会社を設立。プロデューサーとして、銃規制をテーマにしたテレビドラマや、人権、エイズ、環境、中東和平などの問題を取り上げている。

三谷さんだけは、うちの夫婦喧嘩の仲裁に入ってもらいたくないですね。
――清水

いや、僕は行きますよ。バンッとドア開けて「ちょっと待った！　清水さん、それはいけないよ」って。――三谷

清水　昨日、喧嘩の話をしましたけど、この間、うちの近くで男の人と女の人が争ってる声が聞こえたのね。

三谷　夜中に？

清水　うん、真夜中。男の人はすごい怒鳴《どな》ってるし、女の人も「あんただってなんとかでしょう」って言い返してるの。「ちょっと警察、電話しようかな」ってうちの旦那さんに相談したら、「あれは夫婦喧嘩みたいなもんだから、犬も食わない」とかなんか言って「電話なんかしないでいい」って片付けられちゃったんだけれど。見てたらやっぱりそのうち治まっちゃって、二人で歩いて行ったんですよ。

三谷　よかったような、肩すかしのような。

清水　小っちゃい頃にもうちの前で、男の人と女の人がすごい喧嘩してて、「お母さん大変よ！　お父さんを呼んできて止めてもらったほうがいいと思う」って言ったら「ああ男と女の喧嘩でしょう。犬も食わないの……」って片付けられたんだけれど、あれは

三谷　何なんですかね？　「男女の仲は喧嘩したほうが健全なのだ」みたいなことを言いたいのかな？

清水　そっちを聞きたいんじゃないよ（笑）。

三谷　犬も食わないってのは「じゃあ、なんかは食うのか？」ってことですよね。

清水　「犬も食わなきゃ、猫も食わないよ」ってことですよ。

三谷　なにそのビックリハウサー的な言いっぷり（笑）。

清水　「犬も歩けば猫も歩く」っていうのはビックリハウス？

三谷　ワァ〜、ありそう（笑）。

清水　まあ、たぶん夫婦が喧嘩している時に、他人が「オイ、お前やめろ、やめろ」って入っていくのは、喧嘩の撮影してるロケ現場で止めに入っちゃうようなもんなのかな。第三者が声をかけることによって、喧嘩していた夫婦の絆《きずな》が深まることもあるんじゃないかな。

三谷　あっちもホッとするとこあるんかな。

清水　だと思いますよ。僕もまあ妻と時々口論しますけれど。その時に誰か「ちょっと待った」って入ってきてくれると、すごいうれしいですよ。

三谷　奥さんも思ってるけれどね、たぶん（笑）。

清水　だから間に、犬とかがいると、やっぱり助かりますもん。

三谷　そうだね、動物は、関係ないことするからね。

三谷　気まずい時、犬がなんか粗相したりするとホッとしますもんね。
清水　わかりますね。うちも猫飼ってよかったって思う時あります。「ねぇ〜、アビちゃん、やなやつがいるから、行こうか」（笑）。
三谷　そういう言い方は、どうかと思いますけど。
清水　三谷さんだけは、うちの夫婦喧嘩の仲裁に入ってもらいたくないですね。余計トラブルが大きくなりそうだから。
三谷　いや、僕は行きますよ。バンッとドア開けて「ちょっと待った！　清水さん、それはいけないよ」って。
清水　それよりあなた、いつからうちを覗《のぞ》いていたんですか！
三谷　まぁ、ちょっと話は飛びますけれど、昔の刑事ドラマで、刑事部屋でみんなが話をしているときにデカ長が「それ、違うな」って言いながら入って来るってのがあるじゃないですか。あれは本当に変だと思ってましたから。いつから聞いてたんだって。
清水　あれ変だよね、どんだけせせこましい男なんだって（笑）。
三谷　そうですよね。
清水　だいたい第三者が話に割って入るのって、すごく勇気いることだなって思いません？
三谷　いきなり話しかけられても困りますもんね。
清水　この間、青山のスタバで一人で友達を待ってたんです。そしたら私の後ろの席で女の人たちがしゃべってたんだけれど。「カッコいいよね、和田唱君って」って会話してて「あれって誰かの息子だよね、誰だっけ？」って。「ドラゴンアッシュのあっ、古谷一行の息子だ〜」って、盛り上がってるんです。

三谷　ほんとは和田誠さんの息子さんですもんね。

清水　バンド名も違うしね、イラッときたんですけれど。その会話に私が入っていくわけにはいかないじゃん。そしたら、その隣に座っていた女の人が「ＴＲＩＣＥＲＡＴＯＰＳ」って言って帰って行ったんです。なんか武士みたいにかっこよかった。

三谷　かっこいいかな？

清水　だって「名乗るほどの者でござらん」みたいな。背中だけでパッと教えて、「釣りは要《い》らないよ」。

三谷　僕だったら紙に書いて。そっとテーブルに置いて去って行きますね。そっちのほうがかっこいいじゃないですか。

清水　「じゃあ、ずっと聞いてたのかよ」って話になるじゃん。

三谷　名乗るほどの者じゃないが、それはＴＲＩＣＥＲＡＴＯＰＳじゃ。

清水　名乗るほどの者じゃないやつが、なんで書いたりする？

三谷　だから匿名希望と書いて。

清水　あと、こんなこともあったよ。新幹線に乗ってたら、外国人の男の人がいたんですよね。で、新幹線に乗ってるうちに、隣にいた若い二人組の女の子と知り合いになったらしくて、盛り上がってしゃべってんのね。女の子たちはすごく片言の英語で会話し

三谷　てるんだけど、富士山に差し掛かった時に、男の人が「これは爆発するか？」って聞いたのね。そしたら二人が顔を見合わせて「イエ～ス、サムタイム」って（笑）。「何を教えとんだ」って突っ込みたくなりましたね。
清水　でもまあ、死火山じゃないですからね、休火山でしょ。
三谷　長い目でみるとサムタイム……？
清水　まあ地球の歴史でいえば時々爆発してますからね。
三谷　甘やかさないでくださいよ。もう一つあった。電車乗ってた時に、これもやっぱり女の子たちが「渋谷の次だから佐々木か」って言ってたの（笑）。
清水　それは言わなきゃダメですよ、「代々木だ」って（笑）。
三谷　意外とこれが言えないんだって。
清水　僕なら言いますね。
三谷　女の子たちに向かって？
清水　電車の窓の水滴のところに、代々木って書いて去って行きますね。
三谷　水滴ない時は「ハア～」って（笑）。それドアをパーッと開けた刑事よりも、よっぽど嫌ですよ（笑）。「何よあの人？　わざと言ってたのにね」って（笑）。言われたらおしまいじゃないですか。
清水　一番恥ずかしいですね。
三谷　恥ずかしいといえばあなたですよ。この間、水道橋博士さんにお会いしたんですね。

三谷　何かお子さんが生まれたんですね？

清水　そうなんですよ。一人目が師匠の北野武さんにあやかって「武」。二人目が女の子で、尊敬する高田文夫さんにあやかって「文」ちゃん。

三谷　あ、本当にその二人からもらったんですか。

清水　で、「おめでとう」なんてことで、お会いして、その時に博士が言ってたんですよ。

三谷　なんだろう？

清水　（笑）「DOCOMO　MAKING　SENSEの中で、俺が三谷さんにお礼を言わなかったことを、『なんでミッちゃんにお礼を言ってて、自分のとこに言ってこないか』っていう話を何回も何回も三谷さんがしてるじゃない？」って博士が言ってました。

三谷　「新選組！」のDVDをプレゼントした時の話かな。博士が僕に何も言わないで清水さんにお礼を伝言したって話ですね。

清水　私も、「ああ、まあ二回ぐらいしたかな？」って言ったら、「ラジオで二回もしたら、聞いてるほうは『何回も』って感じがするんだよ」って言ってたよ。で、博士も悪いと思って、自分が大好きな人のしゃべりを録音したテープを三谷さんに贈ったと言ってました。

三谷　そう、すごいのをくださったんですよ、編集して。

清水　それを差し上げたんだけど、三谷さんは、何か聞いてなさそうな感じがすると。お会

三谷　いした時にそれこそお礼もないし、聞いてなさそうな感じがしたんで、「お忙しくて、聞いてないですよね？」って言ったら、三谷さんに「ああ、ぜんぜん聞いてません」って言われてショックだったという話を聞きました。どうですか、衝撃ウィーク！　いやぁね、それは言い訳になりますけども、たしかに。アレいただいたのは、もう半年ぐらい前になりますか？

清水　知らないよ（笑）。半年前でまだ聞いてないの？

三谷　なんでああいうのをくれるのかなあ？　僕ちょっと存じあげなかったんですけど、町山智浩さんという方がいろんな映画にまつわるトークをしてる番組？

清水　インターネットなのかな。

三谷　それを博士が編集して、まとめてｉＰｏｄに入れてくれた。

清水　え？　ｉＰｏｄくれたの？

三谷　何か箱に入ってますね。

清水　へえ〜、なんだろう？

三谷　あれは何？　中身だけじゃなくてｉＰｏｄもくれたってことなのかな？

清水　そうなんじゃない。

三谷　なぜ聞かないかっていうと、ヘッドフォンを耳にあてて、スイッチを押せば聞けるようなものではないんですよ。何かいろいろ設定したりしなくちゃいけなくて、僕にとって非常にややこしいものなんですね。

清水　そうなんですか？
三谷　もう開けた瞬間に「うわあ、こりゃだめだな」と思っちゃったんです。
清水　気負けしたんだ（笑）。
三谷　それですぐ蓋しちゃった。でも聞きますよ、いずれ、絶対。
清水　ふ〜ん。いや無理矢理だったら別にいいんじゃない？　だけどちょっと聞いてみて、結構引き込まれるようだったら、ぜひ私のほうにも回してくださいよ、それ。
三谷　嫌ですよ、そんなの。
清水　貸してくださいよ〜。
三谷　それはだって水道橋博士が僕のために、わざわざ時間をかけて編集してくれたものなんですから。人には渡せないな。
清水　でも聞いてないから、大切な時間が台無しですよね。このまま、ずっと聞かないような気がするから、私が先、聞くわ。
三谷　いや、聞きますって。絶対聞く。
清水　ほんとですか？
三谷　入院したら聞きますよ。いつかね。

ついでの話〈TRICERATOPS〉
ビクターエンタテインメント所属の三人組ロックバンド。ボーカル・ギター担当の和田唱、ベース担当の林幸治とドラムス担当の吉田佳史が一九九六年に結成した。

バンド名は、メンバーが三人ということで三本のツノを持つ恐竜「トリケラトプス」の英語を仮名読みして命名。トライしてトップに立つという意味も込められているかもしれない。

ほぼ全ての楽曲の作詞・作曲を担当している和田唱の両親は、和田誠・平野レミ夫妻なのはあまりに有名。「唱」という名前をつけた両親と、その期待を裏切らない息子の親子愛を感じずにはいられない。音楽を始めたきっかけは小学校の時、マイケル・ジャクソンに夢中でいつも踊りながら歌っていたことだというが、きっといつも鼻歌歌いながら料理を作ってるであろうお母さんの影響もあると察することができる。

舞台ってすごいんだね。どんなことがあっても乗り切らなきゃいけない。
——清水

映像は止めることはできるけど、舞台は本当に止められないですからね。
——三谷

三谷　だいぶ前に、うちの劇団で「ラヂオの時間」っていう舞台をやった時に、まあちょっとなかなか本ができなくて役者には申しわけなかったんですけれど、あんまり通し稽古ができずに幕を開けてしまったんですよ。

清水　ドキドキだね。

三谷　ドキドキですよ。それで、初日に西村雅彦がセリフを飛ばしちゃったんですよ。

清水　キーになるセリフなの？

三谷　いや、そうでもないんですけれど。僕が音響ブースで見ていたんですけれども、台本開いて調べたら、十ページぐらい飛んじゃったんですよ。一人で先へ行っちゃったんですよ。「ワァ〜、どうなんだ。やばい」って思ったんだけれど、そのままもう話は進んじゃってるんですよ。それならまだよかったんだけれど、一人が気を利かせて戻しちゃったんですよ。

清水　戻したら、どうなるの？

三谷　しばらくすると、さっき西村が言ったセリフをもう一度言わなくちゃいけなくなる。さっきやった同じシーンがまた出てきちゃうわけですよ。

清水　気を利かせて戻したつもりが、大変なことに。

三谷　舞台上でみんなが「なんでお前はあの時、戻したんだ」って思ってるわけですよ。「お前が戻さなきゃ、あのまいけたのに、戻しちゃったからこんなことになった」っていう思いを持ちながら。

清水　で、同じシーンはどうやったの？

三谷　みんなが「さっきも言ったけれどなあ〜」と前置きをつけてセリフを言ったんです。

清水　賢いな。

三谷　「もう一回言うぞ」とか、必ず足して言うわけですよ。

清水　「私だってさっき、言ったけどね、もう一回言いたかったのよ……」

三谷　そうそう（笑）。

清水　ワァ〜、やっぱ面白そう、芝居。

三谷　それは、面白かったですね。ただもう一つ問題になったのが、飛ばしちゃったシーンに、近藤芳正さんっていう俳優さんが外から入ってくるシーンがあったわけですよ。でもそこが飛んじゃったんで彼は入って来られなくなっちゃったんです。でもその後で彼のセリフが出てくるわけですよ。それは部屋で言わなきゃいけないセリフなんですよ。

清水　わぁ、ドキドキするね。どうしたの？
三谷　自分の出番になった時にバァ〜ッとドアを開けて、「表で聞かせてもらったから」（笑）。
清水　素晴らしい方ですね。
三谷　すごかったですね。
清水　へェ〜。そういう機転って才能とも言えるね。役者としてきっとものすごく必要なものですよね。
三谷　舞台俳優は、切羽詰まるとみんな、考えるんじゃないのかな……。
清水　そうなのかなあ？　じゃあ、三谷さんが手抜きしても大丈夫じゃない？
三谷　いや、どんな時も手は抜かないですから。
清水　舞台ってすごいんだね。どんなことがあっても乗り切らなきゃいけない。
三谷　映像は止めることはできるけれど、舞台は本当に止められないですからね。
清水　そうですよ。ストップボタンをね、押しちゃいけないんですよ。
三谷　本当に清水さん、ストップボタンがトラウマになってますね。
清水　うん、トラウマですよ、ほんと。
三谷　清水さんのライブでスタッフの人が押してはいけないボタンを押したことから発生してますけども。彼女はもう相当、清水さん以上にかわいそうなわけですよ。
清水　そうなのよ。だから誰も責めなかったんですよ。

三谷　で、今、清水さんがこの電波を通してチクチク責めてるわけです（笑）。
清水　聞いてないって（笑）。
三谷　聞いてる彼女はね、「ああ、またその話が出た」って（笑）。
清水　いや、彼女の顔色見たら、もうこれから清水ミチコと名の付くものは一切、目にしないし、耳にもしたくない！　って感じの涙目だったんですよ。
三谷　いや、もうそろそろほとぼり冷めて、「ちょっと聞いてみようかな」って思ったら「また清水さん、私の悪口言ってる」（笑）。
清水　あのね、西村雅彦さんも「俺が飛ばしたことをね、まだネチネチラジオで言っていると。だから俺禿《は》げたんだ」と言ってますよ、きっと。
三谷　そんなことはないけれどね、そうだろ？　西村！
清水　まぁ、舞台の上の役者さんは一生懸命やってるけど、幕が上がれば脚本家は何の役にも立たないってことですかね。
三谷　でも幕が上がるまでは命を削ってますからね。
清水　そういえば、あなた自宅の近くにもう一部屋借りたそうですね。
三谷　自分ん家から、二十メートルほど離れたところに、ちょっと仕事場を借りたんですよ。小さな部屋ですけど。
清水　いいなぁ〜。
三谷　一番喜んでいるのは妻ですね。

清水　そんな近くに旦那さんが引っ越ししたら、私もうれしいかも（笑）。

三谷　引っ越したわけじゃないですよ。

清水　いっそ引っ越したら（笑）。

三谷　ちゃんと仲睦まじく暮らしてますけれども。一人になりたい時とか、原稿書く時はそこに行くって部屋。

清水　そういうのってお互いあるよね。あとは三谷さんのうちって、ゴミみたいな物がいっぱいあるじゃないですか。

三谷　「猿の惑星」の特殊メイクの人形とかね。

清水　ああいうのとかが家の中にポッと落ちていたら、「ワァ〜」ってなるのよね、何回見ても。

三谷　そうなんですよ。アレ？　なんで知ってるんでしたっけ。言いましたっけ？

清水　いや、言ってないですけれど。でも男の人の部屋って、バルタン星人とかカネゴンとか「ワァ〜、なんじゃこりゃ？」っていうような物を飾ったりしてるじゃん。

三谷　この間、「猿の惑星」のＤＶＤボックスが出たわけですよ。それのおまけっていうか、かなりの存在感ですけども、猿の生首が付いてきたわけですよ。

清水　やめろよ（笑）。

三谷　生じゃないか、ダミーの首がついてたんです。

清水　当たり前ですよ。

三谷　それはロディ・マクドウォールっていう、ずっと主人公を演じてきていた人の猿顔なんですよ。
清水　主人公って言われてもね、かぶりもんに近い感じですよね。
三谷　ずっとコーネリアスっていう猿を演じてきて、コーネリアスの息子がシーザーっていうんですけれども、その両方をロディ・マクドウォールがやってるんです。
清水　どっちでもいいです、私（笑）。
三谷　今回は、コーネリアスじゃなく、シーザーの顔が付いてくるわけですよ。実物大よりは、ちょっと小っちゃいんですが。
清水　（笑）ちょっと待って。誰も「猿の惑星」のあの話が好きなわけで、猿の顔が好きなわけないでしょ。
三谷　とんでもない。猿が好きなんですよ。「顔が」っていうか、ロディ・マクドウォールの猿の顔が好き。
清水　そら、奥さん怒るわ。だから君が好きなんだって言われてるよう（笑）。
三谷　いや、妻の顔も好きですよ。一番は彼女だけど二番目。まあ二番目ではないですけれど。他にも好きな顔は沢山あります。ま、それはいいとして、その猿顔をいろんな所に置いといたわけですよ。
清水　嫌ですよ。
三谷　どこ置いても怒られる。

清水　当たり前じゃないですか？　あんなに家にマッチしないものないもん。インテリアとして首って。
三谷　だから、まずその猿の顔を持って仕事場に行きました。他にもいろいろあるんですけれど「家の中の物、全部持って行け」と言われてます。
清水　そうでしょうね。だから三谷さんも集中して書ける部屋が確保できて、宝物に囲まれるし、奥さんにとっては、家中のガラクタが一掃できるし、よかったですよね。
三谷　一番喜んでいるのは、猿の首だと思いますけどね。今度持ってきますよ。
清水　やっぱり猿より三谷さんがいなくなったのが一番うれしいはず。

ついでの話〈猿の惑星〉
一九六八年、ピエール・ブールの同名原作をベースに、フランクリン・J・シャフナー監督、チャールトン・ヘストン主演で作られたSF映画で、原題は「PLANET　OF　THE　APES」。ドラマチックな展開とショッキングな終焉《しゅうえん》で映画史に残る大ヒットを記録。以後、続編が四本、テレビシリーズが二本、アニメシリーズが一本製作され、いまなお多くのファンを虜《とりこ》にし続けている。「猿の惑星」に出てくる猿たちの、あまりにリアルな特殊メイクの衝撃は、一般の客ばかりか映画界でも大きな話題となり、この作品をきっかけにアカデミー賞にメイクアップ部門が設立された。

それまで警察にはなんとなく親近感があっただけに、驚きましたね。——清水

親近感って、清水さん、小さい頃から警察のお世話になってたんですか？

——三谷

清水　小っちゃい頃のことなんですけど、よい子のみんなは絶対真似したらだめだっていう教訓になる話していいですか？

三谷　またですか？　清水さんのダークな一面を聞くと、結構引くんですけど。

清水　私を反面教師にしていただこうと恥をしのんで告白するんです。昔、弟とキャッチボールをしてたんですね。弟が間違えて私の顔にボールを当てて、「痛い」ってなったんです。それで私は姉として「お前はほんとにもう」って怒ったフリして「一一〇番するぞ」って言ったんです。で、当時うちの前に公衆電話があったもんですから、十円入れて一一〇番したら、「はい」って出た。私もびびって、すぐにガチャッと切ったのね。で、弟には「もう怒ってたぞ。警察は」って言ったのね。どうなると思う？

三谷　向こうからかかってきた？

清水　そう、かかってきたんですよ（笑）。びびりましたね。「今そこから電話をかけましたよね？」って、「はい」「いたずらだったらダメですよ、お嬢さん」って言われて、「はい、すみませんでした」って謝ったけど、もう体中ガクガクでさ、震えて立っていられなくて、しゃがみ込んで、しばらく今の模様をもう一回頭の中でリピートして、「親にばれるだろうか？　大丈夫かな」って心配してましたね。

三谷　警察から公衆電話にかかってきたんだ。すぐに逆探知できるようになってるんですね。

清水　それまで警察にはなんとなく親近感があっただけに、驚きましたね。

三谷　親近感って、清水さん、小さい頃から警察のお世話になってたんですか？

清水　駅前に交番があったんですけど、駅から私ん家って一分くらいのところにあったんですよ。交番がご近所さんだったから「ちょっと交番行ってくるわ」って（笑）。幼稚園の頃から通ってました。

三谷　何しに行くんですか？

清水　なんとなく椅子に座りに行ったり。こうやってクル〜ッて回る椅子があってそこに座るのが楽しかったり。恥ずかしいですね（笑）。交番のおまわりさんもすごくいい人で「清水のお嬢ちゃんだ」って感じで、明るくて感じがいい人だったんです。それである日「あっ、これ、こん棒も見して」って言ったら触らせてくれたんです。

三谷　「ちょっと、拳銃触ってみる？」って？（笑）

清水　それで「ちょっとピストルも見せて」って触ったら、ものすごく叱られて。「ダメだ、これは」って怒られちゃったから、そのおまわりさんがすごく嫌いになっちゃって（笑）。

三谷　それはそうですよ（笑）。拳銃触らせたことがわかったら大変ですよ。

清水　「私が撃つわけないのに、なんであんなに怒んのかな」って思って（笑）。今考えたら事情はわかるんですけど、当時は子どもだったから……そっから一切交番に行かなくなりましたね。あっちもさみしかったんじゃないかしら……。
三谷　そんなに警察に親しみを覚えたことは僕はないな。なんか今もパトカーとか見ると、ちょっと身を隠したくなるんじゃないですか？
清水　あなたはね。
三谷　僕だけ？（笑）なんかダメなんですよね。
清水　怖いの？
三谷　怖いですね。おまわりさん見てもなんかね、逃げたくなるんですよ。ここで逃げたら余計怪しまれると思うとね。
清水　ちょっと硬くなんのかな？
三谷　ガチガチになっちゃう……。
清水　へえ〜。しゃべったことある？
三谷　おまわりさんと？　ありますよ。うちの近所で放火があった時にうちの妻が怪しい人影を見たって言い出して。
清水　本当に？
三谷　「それはちょっとおまわりさんに言ったほうがいいんじゃないかな」って——でも妻は「いや、でも違うかもしれないし」とか言うんですけれど、「いや、一応言ってお

清水　こう」って言って嫌がる妻を連れて行きましたね（笑）。
三谷　行ったの？　役に立ったんですか、情報が。
清水　「この人がなんか見たって言ってるんですけれど」って。
三谷　自分の妻をこの人がって（笑）。
清水　コンビニで放火される三十分前ぐらいに怪しい人を見たんです。
三谷　でもありがたいかもね。で、どうなったんですか？　警察も情報を集めるのが仕事で
清水　すからね。ご協力に感謝します！　って敬礼されたでしょ？
三谷　いや、「もう犯人は捕まってますから」って（笑）。
清水　（笑）よくそうやって出しゃばっては失敗するあなたが、「犬神家の一族」に出演して
いるというのも妙にうなずけます。おだてられたら、何でもやりますもんね。「大河
もしょうがなく出た。ＣＭも断れなくてしょうがなく出た」。
三谷　「犬神家の一族」は大好きな映画だったし、何よりも市川崑監督が大好きで、その監
督から「ぜひ」って言われたからには、出ないわけにはいかんのですよ。
清水　でも役どころを見てみたら、「どうも僕じゃないほうが良さそうなんだが……」って
自分でも思ったんだってね。
三谷　おじいさんだったからね。老人の役なんですよ。
清水　前作では原作者の横溝正史さんがやった役ですからね。で、横溝正史さんはピッタリ
なのよね。

三谷　そうなんです、見ました？　まぁ、ご自分で作った世界だから当然なんですけれどピッタリなんです。「その役を三谷に」って言うからには、よっぽど僕のことを気に入ってくれたんだろうと思って。

清水　気合いを入れて出演したら、ショックなことが起きたらしいですね。

三谷　市川崑さんの撮影現場を一度見に行ったことがあって、一言だけですけど挨拶《あいさつ》もしたことがあって、それがあってのオファーですから、それはやらないわけにはいかないじゃないですか。

清水　ちょっとうれしそうでしたよね。市川監督に頼まれたって。

三谷　すごくうれしかった。「ちょっと老人の役だけど、僕でもなんとかなるんだろう」と思って。

清水　自分なりにね。なるほど。

三谷　「はい、やらせていただきます」と言って、衣装合わせをして、メイクテストみたいなのをやるんですよ、本番前に。僕の映画ではやったことないんですけれど市川崑映画ですから、やっぱりお金かけてますから、事前に一度、完璧なメイクと扮装して監督に会いに行くんですよ。

清水　あっ、衣装合わせだけじゃなくメイクまでするんだ。

三谷　メイクも全部やっちゃうんですよ。で、お会いして「どうでしょうか」って言ったら、「う〜ん……若すぎるなあ」って言われて。若いんだからしょうがないじゃないですか。

清水　市川監督っておいくつだっけ？（笑）

三谷　九十歳です。

清水　九十の方に言われたらね。ほとんどの人は若いんですものね。

三谷　まあ～ね（笑）。で「もうちょっと白髪を足せ」ということになって、白髪を編み込んでいくんですよ。

清水　ハァ～、エクステンションみたいに。

三谷　うん。で、見せたら「まだ足りない」とか言われて、どんどん白髪になっていって。最後は「ヒゲ付けろ」って言われて、ちょびヒゲまで付けられまして。

清水　ワァ～、映画遠慮しようよ。

三谷　僕は反対だったんですよ。だって僕がちょびヒゲ付けて出て行ったら、絶対なんか……。

清水　うん、あいつまたやったよ……。

三谷　でしょう。「あんなことをやりやがって。ぶち壊しだよ、犬神家が……」って言われたら、嫌じゃないですか。

清水　（笑）うん。それはツラい。

三谷　でも監督に言われたら付けないわけにいかなくて付けて、最後見せに行ったら「まだ若いなあ」「もうこれ以上は老けられないですよ」って話をしまして「僕のことを一

清水　体いくつだと思っていたんだろう」って。
　　　思うわね。
三谷　だって僕の顔じゃなくなってきているわけですよ（笑）。僕じゃないほうがいいんじゃないかって。
清水　うん。
三谷　「おかしい、なんで僕を指名したんだろう？」と思ってたんですよ。で、いよいよ撮影の日になって監督とお話をしたときに、「ところで三谷君はなんで出ることになったの？」って監督に一言、言われて（笑）。
清水　だから三谷さんがよく私にね、「プロデューサーの言うことは信用したらダメだよ。プロデューサーは乗せるのが商売なんだから。そういう特殊な技があるんだから」って教えてくれますけど。その三谷さんがとっくに騙《だま》されてるんだ。
三谷　忘れてましたね。
清水　そういうもんだね（笑）。で、三谷さんもそうやって騙されたわけですけど。
三谷　（笑）まあ、騙されたっていう言い方ね。でも僕は後悔もしていないし。まあ、市川監督が忘れちゃってるのかもしれない。
清水　「三谷くんがいい」は三谷昇さんのことだったのかもよ。

ついでの話〈一一〇番〉

一一〇番は戦後GHQの勧告で一九四八（昭和二十三）年十月一日に、東京等の八大都市で始められた。東京では最初から一一〇番だったが、大阪・京都・神戸で一一〇番など地域によって番号が異なっていた。不便さを解消しようと、全国で一一〇番に統一されたのは一九五四（昭和二十九）年のこと。一一〇番するとまず「事件ですか、事故ですか？」と聞かれる。さらに「いつありましたか？」「どこでありましたか？」「犯人はどんな人ですか？」などと質問されるが、舞い上がってしまって上手《うま》く説明できない人が多いという。場所を上手に説明できない時は、一、住居表示。二、「自動販売機」に表示してある住所表示、三、「交通標識」の支柱に表示してある番号、四、「信号機」の制御機に表示してある番号、五、東京電力の「電柱」に表示してある番号、を参考にするといい。

ハンカチ王子＝正義みたいな感じになりましたよ。――清水
まぁ、悪いやつほど汗かくとも言いますけどね。――三谷

清水　皆さん、こんばんは、清水ミチコです。
三谷　こんばんは、三谷です。
清水　おっ、今日は苗字だけでいいんですか？
三谷　最近は三谷と言えばね（笑）幸喜か、苫小牧高校のバッター。
清水　ピッチャーですよ。投げてくださるほう……。
三谷　違う違う、三谷君は一番バッターですよね。投げるのはピッチャーですよ。
清水　それは、わかります。
三谷　で、こっちにいるのがバッター。
清水　三谷さん、野球のルール知ってるの？
三谷　もう歩くルールブックですよ。
清水　じゃあ、「ちょっと三谷もいっしょにやろうよ」ってもし言われたら、混ざることできるの？
三谷　三角ベース？　アレ、何て言うんだっけ（笑）。
清水　知らないいんだ……。和田誠さんも全くわかんないい人なんだって。教えられても教えられても右から左にすっとルールが消えていっていまだに知らないし、見ててもチンプンカンプンなんだって。三谷さんもそうでしょう？

三谷　いや、そんなことないですよ。だって野球のルールなんて何が難しいんですか？　あってないようなものでしょう。

清水　サッカーとか、卓球とかってわかるじゃん。球がこう行ったら、「お前終わりだよ」って単純じゃない。ところが野球は球がどこに着地したらいいのか、全然わかんないじゃん。お前は敵か味方かとか。

三谷　ピッチャーは味方だよ、そっからでいいんですか？

清水　なにそれ（笑）。ピッチャーは味方って、チームによってちがうでしょう。

三谷　まぁ、たしかに。ではそっから行きましょう。

清水　ハンカチ王子。

三谷　それはピッチャーでしょう。じゃあ、まずこれをはっきりさせましょう。清水さんの後ろにいる人たちは味方ですよ、みんな。

清水　味方？　じゃお母さんだ。お母さん！

三谷　お母さんいないよ（笑）、クラスメートかな。同じ洋服を着た仲間たちが後ろに立っているわけですよ。

清水　あのね、それはわかりますよ。ジャイアンツだったらGのマークの洋服着てるんでしょ。

三谷　自分の後ろにいるのは味方、前にいるのは敵。
清水　なるほどね。それで私が三谷さんに投げた。では三谷さんはどこに行きたいの？　目的はいずこ？　どこに投げたいの？
三谷　僕がバッターですね。棒を持った人ですよ。その人は先へ行きたいわけですよ。
清水　「行けるもんなら行ってごらん？」ってなもんでしょう。
三谷　清水さんから見て左手に行きたいわけですよ。
清水　そう一塁ね。わかってますすよ。ややこしいのがS・B・O。
三谷　Sがストライク、Bはボール、Oがアウト。ストライク三つでアウトになるわけですよ。
清水　打者交代ですよね。
三谷　で、ボールが四つでフォアボールになるんです。
清水　ボールが四つがまずわかんないですよね。ボールって一個でしょう？
三谷　たまたま、同じ言葉が飛び交ってますけれども、投げてるボールと数えてるボールは違うんですよ。たしかにややこしいな。僕がわかりづらいのは、打ったボールが横に飛んで行って、フェンスに入るの。あれはなんて言うんでしたっけ？　ファール？
清水　やっぱり、知らないじゃん。
三谷　ファールは何回やってもいいんですよね。それがよくわかんない。
清水　それおかしいよね、ちょっとクレームつけよう。

三谷　一つ目のファールはストライクになるんですよ。二つ目のファールもストライクになるんだけれども、三回以降は何回ファールをやってもいいわけですよ。そこに僕にとっての野球に対する一つの溝があるわけですよ。

清水　たぶんからだで覚えちゃえば早いんでしょうけれども……あれは見てました？　ハンカチ王子は。

三谷　ハンカチ王子、一瞬ですけれど。

清水　私、意味もわからないまま見たんですけれど。とにかく感動したのはＮＨＫのアナウンサーが、ものすごく興奮を抑えようとしながら、淡々と「今球場に拍手が起こりました」みたいな言い方をしたのにウルッときて、ついでに私も洗脳されちゃってハンカチ王子イコール正義みたいな感じになりましたよ。

三谷　まぁ、悪いやつほど汗かくとも言いますけどね。ハンカチイコール「正しい」とは限らない。

清水　あの、いいこと言ったみたいな言い方、止めてくれる……。こっちが悪い汗かくよ。この間、平野レミさんが鍋で儲かったのでＣＤを出すという話をしましたよね。

三谷　あっ、おっしゃってましたよね。

清水　レコーディングしてきました。和田さんが作詞作曲をなさったやつを、レミさんが歌うんだけど、私と阿川佐和子さんと井上陽水夫人の石川セリさんの三人がバックコーラスをほんのちょっとですけれどね、つけるってのをやってきたんですよ。

三谷　本格的なレコーディングなんですか？

清水　すごく大きくて豪華なソニーのスタジオでした。私も前回のアルバムをそこで録音させてもらったんですけれど、やっぱり一時間で五万円とか六万円とかしちゃうらしいから、ちょっと自分のなかでも「巻き」が入るのね。

三谷　へえ、そんなにお金かかるんだ。

清水　「もう十万使っちゃったから急がなくっちゃ」ってなるから、ドキドキするんですけれど。レミさんはそういうことを気にしないタイプじゃん。お嬢さんだから「ゆっくりやっていいのよ、大丈夫よ、大丈夫よ」ってお菓子を食べ始めたりとか、プレゼント交換が始まったりとかして（笑）。それはそれはいい感じでしたね。周りの大人たちは「もうそろそろ始めませんか……」みたいな感じで（笑）。

三谷　まぁ、料理もレコーディングも贅沢《ぜいたく》にやったほうが楽しいですからね。

清水　でも楽しかったなあ。そしたらね、いろんな見学者がいらしたんですけど、「すみませんが私、無理を言って見学させてもらってるんですけど……」って女の人がオズオズと近づいていらっしゃって。「あのどちら様でしたっけ？」って聞いたら、「私、日本道路交通情報センターの大沼です」って自己紹介されて。私ニッポン放送のラジオで「えー、それでは日本道路交通情報センターの大沼さん」って呼びかけてるんですよ。

三谷　ああ、言ってますね。

清水　その大沼さんだったわけ。「あなたが！」ってことでなんだか興奮しましたね。

三谷　彼女は何しに？

清水　大沼さんはディレクターさんとたまたま知り合いで、「清水ミチコさんがいらっしゃるなら、ぜひお目にかかりたい」ってことで見学しに来てくださったらしいの。

三谷　初めてお会いしたの？

清水　初めてですよ。なんか知的な感じのいい方で、私もはしゃいじゃって写真も撮らせてもらって、自分のブログにもね、掲載させてもらったんですけど。やっぱり声だけはよく知ってる人が「私です」って出てくると、ちょっとうれしいですよね。

三谷　ああ、そうかもしれないですね。交通情報の声はよく知ってるのに、街ですれ違ってもわからないんですもんね。

清水　今まで、放送で「日本道路交通情報センターで一番美人な大沼さん」とか冗談で呼びかけたりしてたんですけど、実際にお目にかかったのは初めてなんです。和田誠さんに「彼女はね、実は日本道路交通情報センターの大沼さんなんですよ」って言ったら、「えっ、そうなの。俺これから銀座に行くんだけれど、混んでるかなぁ」って（笑）。「そこまではちょっとわたくし……」って言ってました（笑）。

三谷　（笑）いつも交通情報を知ってるわけじゃないですからね。大沼さんはイメージどおりでした？

清水　そうですね、イメージどおりの方でしたね。お化粧薄いなっていうイメージがあったんです。人間って声に意外と出るんですよね。

三谷　化粧が？

清水　人間性ですよ。お化粧もまぁ人間性が出ますけれどね。あんまり濃い人はやっぱりね、「女が強いな」って感じがしますね。

三谷　なんかよく映画で、犯人と警察が無線でずっとやり取りしてて、最後バッタリ出会って「お前だったのか……」みたいな感じだったんですね。

清水　それはすごくいいシーンのようで、大沼さんに失礼じゃないですか。犯人扱いするなんて。

三谷　いや、清水さんが犯人ですよ（笑）。

清水　でもね、レコーディングって、やっぱり気持ちいいんですよ。すごく人を幸せにするというか、私も阿川佐和子さんも楽しくって「このスタジオから出たくないね」って言ってましたね。レコード会社の人は「早く帰ってくれよ、次のやつを入れたいから」って感じだったんですけど（笑）。

三谷　あの、僕が何でもやりますって言ってたとは伝えてくれなかったんですか？　この前放送で言ったじゃないですか。

清水　ほら、三谷さん忙しいし。

三谷　五万円くらい払うから、もう一時間、僕も一緒にやりたかったなぁ。ほんとそういうことなら声かけてほしかったですよ。

ついでの話〈ファール〉

多くのスポーツでファールといえば反則を指すが、野球でファールといえばファールボールのこと。バットを振ってボールに当てたあと、そのボールがプレイするフィールド外に飛ぶことを指す。カウントが二ストライクまでは、ファールを打つとストライクとなり、二ストライク以降は、何球打ってもボールカウントには影響しない。ただし例外があり、バントをしてボールがファールグラウンドに転がった場合は、ストライクと判定され三振となる。

……と書くと、野球音痴にはますます難解となってしまうのが野球ルールの面倒なところである。ちなみに野球に全く興味がない清水ミチコの「野球中継」というネタが「歌のアルバム」に収録されている。野球好きな人でも、野球好きでない人も、きっと好きになるはずだ。

すごいね、西田さんの笑いが通じたってことだよね。――清水
西田さんには、メールでお伝えしました。――三谷

清水　三谷さん、素晴らしい映画祭に招かれたらしいじゃないですか。
三谷　モントリオール映画祭に行ってきました。世界五大映画祭です。知ってます？　五大映画祭。
清水　知りませんでした。まずカンヌかな？
三谷　カンヌ、ヴェネチア、ベルリン、トロント、モントリオール。
清水　後半二つあんまり聞いたことない。
三谷　まぁね。確かにモントリオール映画祭って行ってみたらわりとこう、アットホームな感じだったですね。なんかその、赤じゅうたんにスターがバアッと来る、みたいな感じではなかったですけども。
清水　へえ。でもなんか余計選ばれたって感じがするね。そういうところって。
三谷　寒かったですけどね。今は夏だけど十度ですよ。で、冬はね、マイナス四十度になるって。
清水　そんな寒いの？　イメージと違った。だって珍しく海外で「住みたい」ってメールに書いてあったもんね。住みたいくらいだって。

三谷　なんかやっぱりこう清潔感があるからね、寒いところっていいですね。
清水　ああ、確かにね。
三谷　街もすごくきれいだし、ちょっとこう、おもちゃの街みたいでよかったですね。そこで「THE有頂天ホテル」が上映されまして。別にコンペではないんですよ。招待作品みたいなやつだから一等賞決めるとか、そういうやつではないんですけども。
清水　ふーん、日本からは「THE有頂天ホテル」が一つだけ招待されたの？
三谷　いや、あとね、あれも。「かもめ食堂」も。
清水　へえ！　夫婦で？　奥さん行かれたんですか？
三谷　妻はね、田村正和さんのドラマがあったんで行けなかったんですけど。
清水　あの方なんだかんだ言って、ほんと出しゃばらない方よね。
三谷　田村さん？
清水　いや。田村さん出しゃばってどうするんですか。奥さんですよ。
三谷　ま、妻は……まぁね。だから僕の生き方にすごい不満を持ってる。
清水　家に役者は一人でいい。名言かも。
三谷　出たくて出てるんじゃないですけど、僕もね。
清水　とりあえず、行ってみてどうでした？
三谷　カナダなのに、英語字幕で上映するわけですよ。モントリオールって本当はフランス語圏なんでフランス語と英語が半分半分だって言ってましたよ。

清水　そうなんだ。でも三谷作品が勝手にっていうか、英語になるわけじゃん。それって「ちょっと待って、それ、それ違うなあ」って思うこともあると思うのね。

三谷　一応、字幕を事前にいただいて、チェックはするんですけども、僕もそんな英語わかんないですから。でも翻訳もそうだし、あとは字幕が出るタイミングも、笑いに結構関わってくるじゃないですか。だからすごく難しいですよね。

清水　確かに日本語字幕が「それじゃ遅いよ」って時、あるもんね。

三谷　そうなんですよ。でもね、比較的日本人と同じところでみんな笑ってましたよ。

清水　やっぱり笑い声も大きいから、すごくウケたって感じがしたらしいじゃないですか。

三谷　え、どっから聞きました？

清水　ある人から聞きましたよ。ものすごくウケてたって。

三谷　いやすごい盛り上がってましたよ。僕が言ったのか。

清水　よかったね。めちゃくちゃうれしいんじゃない？

三谷　うん。不思議なのが、記者会見上で新聞記者たちが騒いでいるのを静めるシーンで西田敏行さんが、「だまらんか！　大人になれよ」っていうセリフがあるんですけども、それ実はアドリブなんですよ。アドリブだけど、その「大人になれよ」っていうのがすごくいいタイミングで出てくるからおかしくて、日本では絶対ウケるところなんですけど、向こうではどうかな、と思ったら、字幕が「Ｇｒｏｗ　ｕｐ」って出たんですよ。

清水　「大人になれ」？
三谷　そしたらみんなババアッて笑ってましたからね。
清水　すごいね、西田さんの笑いが通じたってことだよね。
三谷　西田さんには、メールでお伝えしました。
清水　あ、意外とビジネスライク。
三谷　それで「THE有頂天ホテル」の英語タイトルは「Suite Dreams」っていうタイトルで、まあスイートルームとね、かけてるんです。
清水　ええー？　ユーミンに許可とったの？
三谷　ユーミンの曲にあるんですか？
清水　「♪この電話が　最後かもしれない……」（歌って）。
三谷　「スイート・ドリームス」？　本当に？
清水　そうですよ。
三谷　まぁ、夢はいろんなところにありますからね。で、面白かったのは、ポスターとか向こうの宣伝媒体、紙媒体に出演者の名前が出るんですけども、やっぱり向こうで少しでも知られている名前が出るわけですよ。
清水　ああ、そうか。
三谷　で、まず一番上は「役所広司（Shall we Dance?）」って書いてあって、二番目がYOU。

清水　えっ。ＷＨＹ？

三谷　「誰も知らない」がカンヌで話題になったでしょ。「Ｎｏｂｏｄｙ　Ｋｎｏｗｓ」だっけ。

清水　あ、そうなんだ。誰でも知ってるんだ。すごいね。

三谷　三番目が、香取慎吾。「ＮＩＮ×ＮＩＮ」って書いてありました。カナダでも「ニンニン」やってんのかな？

清水　すごいね。いろんなところで上映されてるもんだね、映画って。

三谷　あと西田敏行さんがカッコで「Ｆｒｅｅ　ａｎｄ　ｅａｓｙ」って書いてあるんですよ。これはなんですかって聞いたら「釣りバカ」だって。向こうでは「Ｆｒｅｅ　ａｎｄ　ｅａｓｙ」（笑）。お気楽な感じが。

清水　イージーなんだ。なるほどな。

三谷　やっぱり、どこを探しても「清水ミチコ（代表作『ＤＯＣＯＭＯ　ＭＡＫＩＮＧ　ＳＥＮＳＥ』）」はなかったですね。

清水　もうー。この放送やってないの？　海外で（笑）。ねえ、私の周りでカナダ行って来ましたって人ってそんないないんだけど、あっちって何がおいしいの？

三谷　やっぱスモークサーモン。

清水　なんだ、サーモンか。ああ、シャケって感じはするなあ。

三谷　あとは、メイプルシロップ。

清水　北海道といっしょだ。

三谷　なんにでもかけますよ、メイプルシロップ。

清水　なんにでも、ってことはないでしょ。

三谷　いや、ホントになんにでも。食べないものにはかけないですよ。机とか椅子とか（笑）。

清水　食べるものにはなんでも。

三谷　当たり前じゃない、ベッタベタじゃないですか。

清水　ああ、ちょっと合わなくもないかもね。だってステーキにもかけるし。

三谷　うん、日本の醬油感覚ですよ。

清水　そこまではいかないでしょ？

三谷　いくいく。サーモンにもかけてたもん。

清水　サーモンは、うん、ちょっとわかる。香料としておいしそうだなと思うもんね。

三谷　納豆にもたぶん、かけますよ、きっと。食べればね。

清水　そういえば、納豆菌って砂糖がすごく好きなんだって。

三谷　あ、そうなんだ。だからかな、東北のほうでは、砂糖入れますもんね。

清水　私も一回やってみようかな、メイプルシロップ。ただ、シロップをちょっとかけるっていうのはわからなくもないんだけど、納豆には「メイプル」の部分がすごく邪魔な感じがするんだけど。

三谷　メイプルって……何ですか？
清水　メイプルは楓《かえで》でしょ。ほらホットケーキの、シロップの独特の香りあるじゃん。
三谷　おお、いいじゃないですか。
清水　え？　納豆が「お前はお菓子か」って気がしない？
三谷　それはね、本当のメイプルを知らないな。向こうのメイプルシロップはそんなに甘くないんですよ。
清水　あ、ほんと。へえ。
三谷　本当にメイプルって感じですよ。
清水　そうなの？　甘さわかってる？　ただでさえ海外でケーキを食べると日本の数倍甘かったりするじゃない。あんまり三谷さんの味覚は信用してないけど。
三谷　楓は甘いんですか？
清水　楓は甘くないですよ。三谷さんのツメが甘いだけです。

ついでの話〈モントリオール世界映画祭〉
正式名称は「Festival des Films du Monde-Montréal」。第三十回となった二〇〇六年度は、八月二十四日から九月四日まで開催され、七十六カ国が参加。近年、注目を集める邦画ブームを受けてか、日本からの招待作品は「THE 有頂天ホテル」のほか「9・11-8・15日本心中」「赤い鯨と白い蛇」「タイヨウのうた」「出口のない海」「男たちの大和／YAMATO」「男はつらいよ4作品（口笛を吹く寅次郎・寅次郎相合い傘・寅次郎夕焼け小焼け・男はつらいよ第一作）」が上映された。またワールドコンペティション部門は、小林聡美さん出演の「かもめ食堂」と奥田瑛二監督の「長い散歩」が出品され、「長い散歩」が最高賞のグランプリと国際批評家連盟賞、エキュメニック賞の各賞を受賞した。

僕、海外に行くと必ず言うオリジナルジョークがあって。――三谷

ありましたね、「皆さん、僕のイングリッシュは通じてますか？」。――清水

三谷　今回のモントリオールは、映画のプロデューサーと三人で行ったんですけども。やっぱいろんな面が見えますよ。僕入れて男二人と女性一人なんですけどね。「この人はこんなところで怒るんだ」とか「こういうのが地雷なんだな」とかっていうのが。

清水　面白いね。

三谷　ね、旅すると長くいっしょにいますからね。意外なことがわかって。

清水　何がわかった？　Aさんとしましょう。

三谷　Aさんは男性で、乗り物に関してすごくうるさいってことがわかりました。「チケットを買う時の並び方がよくない」とか。とにかく乗り物に関してすごい神聖なものを持ってるんですよ。

清水　なるほど。客としてのマナーですか。

三谷　そうそう。で、ちょっとこう、乗り物自体を茶化す発言とかすると、すごい怒る。この人に僕怒られたこと今まで一回もないのに、こういうこと言うと怒っちゃうんだな、と。

清水　意表をつく話だ。

三谷　うん。ここでちょっと車内アナウンスふざけてやったら面白いかもしれませんね、とかって言うと「冗談じゃない」みたいな。乗り物は神聖ですよ、みたいな。
清水　面白いね、それ。
三谷　あと、お腹がすくと不機嫌になる。
清水　私そうです。
三谷　あっ、だいたい不機嫌なのはお腹すいてるからなの？
清水　はい（笑）。でもありがちじゃないの？
三谷　その人も、とたんに無口になって。で、「何を食べに行こうか」みたいなことになるじゃないですか。そしたらもう一人で足早に前を進んでいくわけですよ。で、「ここにしよう」みたいな。動物的な勘で「このイタリア料理はうまそうだ」みたいな。
清水　いいことじゃないですか。
三谷　でも、到着するまではものすごい怒ってるんですよ。背中が怒ってますもん。
清水　あ、わかる。なんか殺気立つよね。
三谷　「そんな怒んなくてもいいじゃん、こんな旅先でね」っていう感じ。だって普段、普通に仕事の話してる時、本当に温和な、いい人。
清水　食べてたんだね。
三谷　飛行機の中でもずっと食べてましたもん。
清水　ちょっと私に似てるかもしれん。

三谷　あの、もちろんＪＡＬで行きました。自分がＣＭやってるから言うんじゃないけど、ＪＡＬはいいですよ。

清水　どうだったですか？

三谷　最高ですね、空の旅は。でも恥ずかしいのはね、僕の顔がいろんなところにあるんですよ、和田誠さんのイラストだけど。

清水　そうですよね。

三谷　一応イメージキャラクターみたいなもんですから。で、成田空港のＪＡＬの人は、みんな僕の顔のバッジをしてるんですよ。

清水　マジで？

三谷　（笑）ちょっとキツかったですね。僕はいいけど、彼女たちがかわいそうだなって。

清水　欺瞞《ぎまん》（笑）。で、今回もあの持ちネタはやったの？

三谷　そう、僕、海外に行くと必ず言うオリジナルジョークがあって、イギリスでもドイツでもロシアでもやったんですけども、もともとは、アメリカに自分の映画を持っていった時に、舞台挨拶をしなきゃいけない時に思いついたんです。

清水　ありましたね、「皆さん、僕のイングリッシュは通じてますか？」。

三谷　英語で「みなさん、Ｃａｎ ｙｏｕ ｕｎｄｅｒｓｔａｎｄ ｍｙ Ｅｎｇｌｉｓｈ？ Ｂｕｔ Ｉ’ｍ ｓｏｒｒｙ．Ｉ ｃａｎ ｎｏｔ ｕｎｄｅｒｓｔａｎｄ ｍｙ ｏｗｎ Ｅｎｇｌｉｓｈ．」っていう。

清水　つまり？

三谷　「みなさん、私の英語わかりますか？」みんな「わかるよ」って言って、「ああ、ごめんなさい。私は私の英語がわかんないんですよ」ドッカーン！　っていう。

清水　素晴らしい。

三谷　今回は、カナダの公用語であるフランス語版も用意しました。通訳の人に教わったんですけども、通訳さんいわく「日本人が英語を学んでも、どう考えてもネイティブの人にはかなわない」と。その通訳さんがこんなことも言ってました。「ただフランス語とかイタリア語だったらまだ可能性があります」って。

清水　なんで？

三谷　わかんないけど。だからもし学ぶんだったらフランス語学びなさい、って。

清水　へえ。なんでだろう？

三谷　フランス語話せるほうが自慢できるっていうのもあるんじゃないかな。だからね、ちょっと今教えてあげますから。フランス語、今度フランスに行った時に、ぜひ使ってください。

清水　ありがとうございます。私がカンヌで賞を取るかもしれないし。

三谷　「Ladies　and　gentlemen」は、「マダム　エン　メッシュ」。

清水　「ムッシュ」じゃなくて「メッシュ」なの？

三谷　「ムッシュ」ですけど、僕の耳には「メッシュ」って聞こえました。

清水　大丈夫なのかなあ。「メッシュだって、あははは！」なんてならない？　「マダム　エン　メッシュ」
三谷　「ヴ」
清水　「あなたは」
三谷　あ、よくわかりますね。で「コンポネ」。
清水　「ヴ　コンポネ」
三谷　「ヴ　コンポネ　モン　フロンセ」。これが「私のフランス語わかりますか？」。
清水　はあ。
三谷　で、みんな「わかるよー」って拍手くるわけですよ。そしたら、「セ　トレドトマージュ」。ちょっとそこは江戸っ子になってください、って言われたんですが、「マージュ」を「マルージュ」（巻き舌で）。
清水　「トレドマルージュ」（巻き舌で）。
三谷　それが「アイムソーリー」ですね。それから「メ　モア　ジュヌ　コンポン　パ　モン　フランセ」。
清水　長いなあ。
三谷　ポイントはね「パ」。「パ」が否定なんだって。
清水　あ、「NOT」だ。たしか。
三谷　「コンポン　パ」。だから「パ」を否定の気持ちで言わなきゃいけない。

清水　「セ　トレドマルージュ　メ　モア　ジュヌ　コンポン　パ　モン　フランセ」
三谷　まぁ、だいたいそんなものかな。
清水　なんか東北弁ぽくしたほうが。「オラはさあ」みてえなほうがええんでねぇかい？
三谷　じゃ、ちょっとね。東北弁で言ってください。
清水　「ヴ　コンポネ　モン　フロンセ　セ　トレドマルージュ　メ　モア　ジュヌ　コンポン　パ　モン　フランセ」（東北弁ぽく）。あ、うまくいくわ。なんで東北っぽいのかな？　なんとなく、全般。
三谷　なんでですかね。何か馬鹿にしてる感じにならないですか、大丈夫ですか？
清水　全然ですよ。温かいわ。私なんか、あと一時間後にはもう青森行きの寝台車ですからね。
三谷　あ、ほんとに？　前々から言ってた旅行か。
清水　そう。あなたのモントリオールのおかげで、出発前にこうして仕事になってしまったのよ。それこそ、あれですよ、「トレドマルージュ」（巻き舌で）してほしいですよ。
三谷　「トレドマルージュ」（巻き舌で）。で、いきなり舞台の上でやるとちょっと自信がなかったんで、まずホテルのコンセルジュさんに試したし、食事した時も必ずお店の人に「ちょっとすみません」って来てもらって、試してみたりとか。
清水　えらい日本の恥を広めてくれたなあ。
三谷　百発百中ですね。

清水　それ、別の意味で笑ったんじゃないの？　「この人か……噂には聞いてたけど。おんなじ冗談言うよ。見ててごらん。ほらウケたと思ってるよ」（笑）。
三谷　広まっているなら、それはそれでうれしいですよ。
清水　でもその国によって考え方とか違うから、言葉って難しいよね。
三谷　あの、これちょっと名前出せないですけども、雑誌の連載で対談をして対談集を出したことがあるんですよ。
清水　『気まずい二人』？
三谷　そうそう、『気まずい二人』。いろんな女優さんと対談したんですけど。あれで本に収録されなかった回があって、雑誌にも掲載されなかったんですよ。それはなぜかって言うと、対談の途中で相手が怒り出しちゃって、「帰ります」って帰っちゃった。その方がフランスの人で。
清水　あら。
三谷　それはそれで面白かったから、だからその模様を書き起こして「こんな感じでやりたいんですけど」ってゲラをその人に渡したら、「あなたを訴える」っていうふうに言われて（笑）。
清水　さすが強いね。
三谷　それなぜ怒らせちゃったかっていうと、僕もちょっと冗談で、僕が覚えてきたフランス語を聞いてくださいって言って……。

清水　詩の暗唱みたいじゃないですかね。

三谷　で、トラベル用語集みたいなので「トイレの水が流れないんですけど、どうすればいいでしょうか？」っていうのをフランス語で覚えて、言ってみたんですよ。そしたら相手がキレてしまって。「失礼きわまりない！」。

清水　なんで？「そんなこと私に聞くなんて！」下ネタみたいになったのかな。

三谷　その方は特に「ふざけるな」みたいな感じだったんですね。

清水　へえ、ほんと。私も一回、怒らせたことあったなあ。やっぱり私が二十代の頃で、その方も二十代とおぼしききれいな方だったんだけど。英語圏のアメリカの女性。

三谷　女優さん？

清水　一般の人。私も一般人だったし。ある日、その人がすごくドレスアップしてきたもんで、「きれいね。ｂｕｔ　ｊｕｓｔ　ｄｒｅｓｓ！　ドレスがね」って言ったら「Ｗｈａｔ！」みたいな感じで、ドレスがきれいだけど、私はそうでもないっていうのが、たぶん冗談にならないんだね。

三谷　ま、今のはちょっとね、僕も聞いててカチンときましたけどね。

清水　私もトイレの水の時はもうムカムカしましたよ（笑）。

ついでの話〈フランス語と東北弁〉

フランス語と東北弁は似ていると言うが、フランス語の特徴である「鼻母音」と東北弁の特徴である「鼻濁音」が似ているからといわれている。古くはタモリがネタにし、最近では秋田出身で名古屋で活躍する伊藤秀志が「大きな古時計ＺｕＺｕバージョン」をリリースして話題になった。正調秋田弁で「もんぺとクワ」とか「田さ落ちればジャポン」というフレーズを鼻にかけながら歌うと、確かにフランス語風に聞こえる。

感動ってどこにするの？　「うちの妻が、あの銀幕に出てる」っていうことに？
——清水

いや、だからもう妻が、妻のあのひたむきな感じが。——三谷

清水　今週は、海外話に花が咲いてますけれども。
三谷　兼高かおるさんのような、雰囲気ですね。
清水　すごく好きだったな、あの番組。「兼高かおるになりたい」と思ってたな。
三谷　そう言えば鈴木京香さんも、兼高かおるさんが大好きなんですよ。「ああいうふうになりたい」って前におっしゃってた。
清水　京香さん、必ずこの番組にやってくるな（笑）。
三谷　清水さんは、通訳の方を介して会話することとか、経験あります？
清水　ありますよ。
三谷　なんか微妙ですよね。
清水　イラッときますね。タイムロスにあちらもイラッときてるんでしょうけどね。
三谷　一番イラッときたのは、舞台挨拶をする時に日本人の通訳なんですけども、向こうはフランス語と英語両方使うから、長いんですよ。まず英語で翻訳してそのあとフランス語で翻訳するわけです。だから、僕が一言しゃべってもその二倍の時間がかかるわ

清水　けですよ。なーんかもう、やりづらかったですね。

私の知り合いで同時通訳やってる女の子がいるんだけど、「ものすごく脳が疲労するのがわかる」って言ってた。そりゃそうでしょうね。

三谷　同時通訳は特にそうですよね。

清水　うん、「同時通訳が明日ある」っていう前日は、本当にゆっくり休まないと痩《や》せてくって言ってた。

三谷　前になんか本で読んだんですけど、同時通訳の人で一番困るのが、何もそういうこと考えない日本の政治家だって。

清水　英語は結論からしゃべるけど、日本語の場合、特に政治家は、延々しゃべって結論がどっちなんだ！　ってことあるもんね。

三谷　「私は何々でこうしてこうして、こういう形でやりたい……とは全く思っておりません」とかってね（笑）。同時通訳は、同時に通訳していかないといけないから、最後でひっくり返されるとすごく困る、って言いますよね。

清水　そうだよね。なんか英語の言い方って「私はりんご嫌い。なんでかっていうと……」だけど、日本は「りんごっていうのは、だいたい真ん中に芯があって信用して食ってるとガリガリッてことになるからあんまり好きじゃない……」のかよ（笑）。たとえはあまりよろしくないですけど。

三谷　確かに（笑）。でもそういうことですよね。

三谷　しかも、ある政治家が翻訳不可能なことを突然言い出したんだって。「アメリカは漢字で書くと米の国なのです」って（笑）。

清水　どう英語にしたんだろう。

三谷　だから僕も、なるべく英語の翻訳ふうなしゃべり方をしようと心がけて、こういうふうにダラッとしたしゃべり方ではなく、ピシッピシッと。

清水　できるの？

三谷　できますよ。やろうと思えば。

清水　三谷さんがこうしようと思った時って、あんまりろくな結果が待ってないけど大丈夫？

三谷　僕はできます。なぜならば、っていう感じですよ。でも、通訳はほんと大変ですよ。頭使うし、センスもいるし。その人が笑いのセンスがなければ、僕がどんなに面白いこと言っても伝わらないんですもんね。

清水　そうだよね。だから日本語字幕の達人の戸田奈津子さんがずっと重宝されているのも、ジョークを理解するセンスがあるからだよね、きっと。

三谷　まぁ、たしかにね。そうかもしれないですね。

清水　だってひどい時あるもんね。「え、今どきそんな冗談の訳し方しなくても」っていうような。

三谷　ダジャレになってたりとかね。

清水　うん。「いただきマンモス」みたいな。え、今どき？（笑）
三谷　向こうの文化も知らなきゃいけないし、こっちの文化も知らなきゃいけない。
清水　そうですよ。
三谷　頭よくないとできないですよね。知識も必要だしセンスも必要。
清水　あっちで映画を見たりとかしてきましたか？
三谷　「かもめ食堂」見ました。
清水　また見たの？
三谷　いや、初めて。日本で見るのはちょっとね、恥ずかしかったんですよ。
清水　あ、っていうか見ない約束してるんだもんね。お互いの作品は見ない、なんて雑誌に書いてあった。
三谷　うん、でもね、あの作品はうちの奥さんも「見ていい。むしろ見てほしい」みたいなことだったんですけども。やっぱちょっと照れくさいじゃないですか。
清水　そういうものかも。
三谷　うん。だから「どうしようかな」っと思ってるうちに時間がきちゃって、日本で見ることができなかったんですけども、向こうでやってるって聞いたんで、じゃあ行ってみようと思って。見てきました。
清水　音声は聞こえるわけだし、いいですよね。
三谷　うん。で、みんなやっぱ笑ってましたね。

清水　どこで笑ってたの？

三谷　もたいまさこさんが出てくると笑ってた。あと、片桐はいりさんの顔、ビジュアルで。

清水　へえ、本当に？

三谷　でもね、やっぱり自分の家族が出てる映画をスクリーンで見るのはね、かなりキツいですね。

清水　疲労するかもね。

三谷　緊張するし、なんかね、感動するんですよ。なんか、涙が出てきますよね。

清水　感動ってどこにするの？　「うちの妻が、あの銀幕に出てる」っていうことに？　じゃなくて、あのストーリーに？

三谷　いや、だからもう妻が、妻のあのひたむきな感じが。

清水　（笑）大丈夫ですか？　照れてませんか？

三谷　違う、なんて言えばいいのかな。もう、一生懸命がんばってる感じが伝わってくるんですよ。

清水　あー、なるほどな。

三谷　彼女の、みんなの知らない顔を僕は知ってますから、「この人がこの映画のこのシーンを撮る時にどれだけ大変だったろうか」ってこともわかって見ちゃうから、涙なしには見られなかった。

清水　それ言った？　奥さんに。

三谷　言いましたよ。「泣いた」って。
清水　うん、そしたら？
三谷　グッと抱きしめてくれましたけど（笑）。
清水　そんな人じゃないと思いますよ。奥さんくさいことしないもん。もっと梅干くさいような夫婦だったし（笑）。話を変えますけど、人って、意外なものが怖かったりするじゃないですか。私のマネージャーの高橋さんは「蟬《せみ》」が怖いんだって。私は蟬より、やっぱりゴキブリが怖いな。
三谷　ま、ほんとに怖いのは蟬ですけどね。
清水　蟬は怖くないよ。ただ落ちてくる時とか、下でバタバタしてる時は嫌だけど。そういや、こないだ猫が蟬くわえてた時は驚きました。
三谷　猫が蟬くわえてくるほど怖いものはないですね。
清水　「あんたやっぱり動物だったの！　ケダモノなのね！　こっち来るな！」ってなるね。
三谷　蟬ももう死に物狂いですからね。蟬の音はこんなに響くのかっていうくらい。すごいですよ。
清水　そうそうそう。そういえば蟬しぐれって日本人はすごく好きじゃないですか。だけど海外の人はものすごい嫌う人が多いんだってね。ゾッとするんだって、あの苦しむような声が。「ミ——ン」。
三谷　「やめてくれ」っていう感じかな。だから、ゴキブリなんてかわいいもんですよ。

清水　ゴキブリのほうが本当は嫌ですよ。やっぱりあの光沢が。蟬はさ、なんつったってツルッとはしてないじゃん。いろいろ細かな和風の模様って感じじゃん。

三谷　バルタン星人は、もともと蟬から考えられたんですもんね。

清水　バルタン星人はわりといいデザインじゃない？　怖くないよ、別に。

三谷　清水さんは、バルタン星人の怖さを知らない。

清水　どっちかっていうとウルトラマンのほうがアップになった時のツルッとした顔が、うわっ、不気味ってなるよ。

三谷　だけど、朝ふと目が覚めて横にどっちが寝てて怖いかって言ったら、バルタン星人でしょう、そりゃあ。

清水　じゃあ、ごめん、蟬とゴキブリに戻そう。右にでっかいゴキブリ、左に蟬。

三谷　起きた時に？　蟬でしょ、そりゃ。

清水　蟬かなあ（笑）。高橋さんの家の近くには木立があるんだけど、異常に蟬が多いんだって。木の上にもたくさんいるし、下にも時々落ちてるんだって。で、夜は上から落ちるのを防ぎつつ、下にもいるんじゃないかっていう神経の使い方しながら、小走りに行かなきゃいけない。

三谷　よく蟬って命が短いっていうじゃないですか。地上では一週間しか生きられないって。でもあれはおかしな話で、その前の子供の時代が長いわけで、どっちが幸せかってことですよ。

清水　どっちって、誰と比較してんの？
三谷　人間と。
清水　ええ!?
三谷　蟬になった瞬間は、人間でいえば百歳超えたとするじゃないですか。
清水　そんなたとえはないわ。
三谷　ちょっとたとえてみてくれる？
清水　ちょっとならいいよ（笑）。
三谷　そりゃ人生、百歳過ぎてからのほうが短いですよ。それでかわいそうっていうのはおかしいじゃないですか。その前に百年生きてるんだから。土の中の楽しかった人生も入れてあげようよ。
清水　でも地上での一週間、あんだけ大きい声で鳴いててさあ、なんか切ないじゃない。「岩にしみいる蟬の声」の時代から、夏の短さ、人生のはかなさを蟬にオーバーラップさせるんですよ。
三谷　あの鳴き声にしても、「生」に対する執着みたいのがＴｏｏ　ｍｕｃｈな感じがする。しかも僕は、あいつらの乾燥してる雰囲気が嫌なんですよ。
清水　あいつらってなんですか。
三谷　蟬ですよ。カサカサなくせに。
清水　そういうこと言ってると、これ聞いてる蟬に集団で襲われますよ。

ついでの話〈同時通訳〉

話を聞きながら頭の中で翻訳を行い、ほぼ同時に違う言語でしゃべるという、通訳の中でも最高ランクに位置するエキスパート。通訳ブースの中に入って、同時通訳装置を使って通訳を行う同時通訳スタイルと、特定の人の耳元で行う「ウィスパリング同時通訳」と呼ばれるスタイルがある。どちらも話者が話してから通訳者がその訳を声に出すまでの処理時間はおおむね数秒だという。話をストップして聞き返したり、質問することができないため、専門知識と集中力が必要で、ストレスも大きいため大きな会議などでは二、三十分ごとに同時通訳者も入れ替わるのが一般的という。その分ギャラも高く、一日拘束で平均七万〜十万円（宿泊費、交通費など別途）。英語以外の言語の場合はさらに二〜三割増しになるという。

半年経ったらもう大人ですからね。思春期ですよ。――三谷

思春期以上らしいですよ、まぁ、はっきり言うと盛りがついたんですけど。

――清水

三谷　今日は、マギー審司さんが結婚された記念にマジックをやります。

清水　え？　いいですよ。やらなくても。

三谷　ラジオでマジック、っていうのがね、すごく斬新だなっていう……。

清水　上手に伝わらないから、普通やらないんです。

三谷　この間モントリオールに行った時に、まぁ、すごい長い間飛行機に乗ったんですよ。途中で乗り換えがあったりして。僕はあんまり飛行機の中で寝ないタイプなのでなんか学ぼうと思って、いい機会だからマジックを学ぼう、と思ったんですよ。

清水　意味がわかんないですけどね。飛行機の中で勉強するなら、もっと他にいろいろあるのではないでしょうか。

三谷　なにか一つ、手に職をつけて帰りたいじゃないですか。

清水　はっきり言います。機内ビデオでマジックをやってたんでしょ？

三谷　マジックの本を買って行きました。

清水　へえ。空港の本屋さんも驚いたろうね。マジックの本を買ったよ……って。ちょっと

三谷　ホントにやらないでよ。

清水　（笑）コイントランプをやります。

三谷　ウザッてー（笑）。みなさんもね、本当にやめてくださいね、人前でマジックを披露するの。

清水　実況してください、じゃあ。

三谷　嫌だ。「わぁ、すごい！」ってリアクションをしなくちゃいけないのが嫌なんです。

清水　清水さん、そもそもマジック好きじゃないでしょ？

三谷　マジックを見てて、見破ろうと思ってる自分がものすごく悲しいし、疲れますね。

清水　マジシャンから見ると、ほんっと嫌なんだよな、そういう人。どんなに僕らがすごいマジック披露しても、心から感動しないじゃないですか。「ふーん」みたいな。

三谷　だいたい「タネも仕掛けもない」って出したトランプがもう怪しいもんね。いきなり出すんだもん。

清水　そりゃ、タネや仕掛けはあるわけですよ、マジックだから。それがなかったらもう超能力者ですからね。

三谷　最近は、超能力の人もいっぱい出てきてるからね。

清水　いや、僕らは皆、そう見えてマジシャンですから。

三谷　「僕ら」ってことはないですけど。

清水　マジックはね、奥が深いですよ。いろんな語りとかしゃべりとか動きがあるじゃない

清水　ですか。一切無駄はないですからね。必ずなにか意味がある。
三谷　だけど私には意味がない。
清水　いいですか？　好きな数字とマークを一つ、あげてください。
三谷　最後にそれをパッと出されて、驚くのがめんどくさいからやめて。
清水　じゃ驚かなくていいから。
三谷　本当に？　驚かないよ。ハートの3。
清水　ハートの3ね。えー……。
三谷　うん。時間もないから、早くして。
清水　今、僕がケースからトランプを出しました。
三谷　はい。えっと数字がもうバラバラになってますね。
清水　なってます。で清水さんが言ったものだけ、たぶん裏返しになってると思います。はい、ハートの3。
三谷　どれ？　ホントだ。あ、ちょっと不思議かも。
清水　ね、清水さんが言ったハートの3だけが裏返しになってました。はい、おしまい。
三谷　貸して貸して、ちょっと貸して。それ貸して。
清水　嫌だ、嫌だ（笑）。貸せない。マジシャンは絶対貸せないんですよ。
三谷　でもそれ買ったんでしょう？
清水　買いましたよ、これは。

清水　じゃあ、貸してよ。
三谷　買いなさいよ、じゃあ。
清水　「なさい」ってなんですか（笑）。
三谷　だって、ここで、貸してタネを知られてしまってはマズイですから。
清水　ほかには、なにができるの？　次やってよ。
三谷　うん？　できないですよ。
清水　ええ、それだけ？
三谷　これは「思っただけで裏返るマジック」用のトランプなんです。
清水　そんなマジックより、うちの猫の相談していいですか？
三谷　アビちゃんが寝返るんですか？
清水　生まれて半年ちょっと経ったとこなんですけど、最近いやに外に出たがるんですよ。「お友達が欲しいのよ、私ゃ」って感じなんですよ。
三谷　本当にお友達を欲しがってるんですか？
清水　まあ、率直に言えば「肉体関係結びたい」と（笑）。そういう感じなんですよ。
三谷　半年経ったらもう大人ですからね。思春期ですよ。
清水　思春期以上らしいですよ、まぁ、はっきり言うと盛りがついたんですけど。嫌な言い方ですよね「盛りがついた」（笑）。それでしょっちゅう脱走しようとするんですね。一応いろんな所に脱走防止の対策をしたのに。ある日ベランダの所のレンガを上手に

三谷　「よっよっよ〜〜っ」って抜けて脱出しちゃったんですよ。

清水　出ちゃったの？

三谷　で、朝の五時頃うちの旦那さんが「おい、猫がいないぞ」って言って、探したけど本当にいなくって、後半はほとんど泣き声で「アビちゃん……アビちゃん……」みたいな感じになってしまいました。

清水　心配ですもんね。初めての家出だし。

三谷　どうもレンガの位置がおかしいから、「あそこから、下に行ったんじゃないか」っていう話になって。どうやら出ちゃったらしいと。

清水　探しに行ったんですか？

三谷　私がとりあえず一番の飼い主なので「近所を一周してくるわ」って探しに行ったの。「猫は、たいがい脱走した時は家の半径五十メーターから外には行かないので、落ち着いて探してください」って本に書いてあったのでね。

清水　そうですよ。ほとんどが家の近所にいますからね。

三谷　それで「アビちゃ〜ん」って探したんですけれど、近所を一周してもいなかった。これはダメだと。で、本には「それでもいなかったら区役所に電話してください」って書いてあったんです。私が探したのが三十分だから、まだ五時半頃なんですよ。だから区役所が開く九時までは家で待機しようってことになったの。

清水　諦めるの早くないですか？

清水　そしたらうちの旦那さんが「オレが探してくる」って出かけてったんです。うちの旦那さんっていうのは、昔から探すのが得意な人なんですよ。昔、駒沢で自転車が盗まれた時も、「渋谷のどこどこの手前で見つけた」って普通の顔して帰ってきたことあるんです。

三谷　それはすごいですね、特殊技術ですよ。

清水　でしょう。「世田谷から八王子までなんとなく歩いた」っていう人だから、ちょっと特殊な足を持ってるの。

三谷　自転車はどうやって見つけ出したんですか？

清水　自転車はたぶん偶然だったと思うんですけれどもね、とりあえずそういう人なので、もしかしたら猫も見つけてくるんじゃないかなって思ってたのね。

三谷　清水さんは三十分で、もう諦めの境地に入ったんだ。

清水　まあ、そういうところもちょっとはありましたね（笑）。

三谷　猫は見つかったんですか？

清水　七時頃旦那さんが「ただいま」って帰ってきて、猫を連れてるんですよ。

三谷　あっ、すごい。

清水　「どこにいたの？」って言ったら、半径を少しずつ広げながら、円を描くように探してるうち、小さな通りを通りかかったら、うちの猫がヒョイヒョイヒョイと歩いてたんだって。「おっ、うちの猫じゃないか」と思って、本人の好きなおもちゃの鈴をずっと鳴らしているうちに「なんだこれは？」って感じで近づいてきたところをサッと持って帰ってきたっていうんですよ。

三谷　それはよかったですけど、ただ、まぁこんなことは言いたくないですけども。

清水　何でしょう？

三谷　それは本当にアビちゃんかな？　猫って似たのいますよ（笑）。

清水　（笑）やめろ。そう言えば、ちょっと大きさが……なわけないですよ。

三谷　でも、これからも家出するかもしれないですね、気をつけないと。

清水　だから今、かわいそうな話だけど、ＩＣチップを検討してるんです。

三谷　ああ、埋め込むやつ。

清水　「痛くないですから」って書いてあるけれど、そんなことわかんないもんね。

三谷　痛いよ。魚じゃないんですから。

清水　そうそう、魚って痛覚がそんなにないって話知ってる？

三谷　清水さんから、それを聞いて、魚が食べられるようになりましたから。

清水　どういうこと？

三谷　前はちょっと活け造りとかは「かわいそうだな」って思って食べてましたけれど、最近は「これ痛くないんだから、いいや」って（笑）。

清水　それ、自分の感性がおとろえてるだけじゃないの？

ついでの話〈迷い猫〉

人につくのが犬、家につくのが猫と言われるが、散歩に出てしまったり、散歩中に迷子になってしまうことがある。家出の原因に多いのが、大掃除や引っ越しなどに驚いて出てしまうパニック系や、盛りがつき、異性を求める出会い系があるという。

一番心配なのが交通事故で、一刻も早く探すのが大切。室内飼いしている猫であれば、そんなに遠くへ行くことは少ないので、まず半径五メートル程度の範囲で探してみる。それを徐々に広げていき、半径五十メートルを目安に探すといいらしい。それでも見つからない場合は、警察、保健所、動物管理センター、区役所、清掃局、動物病院に連絡をして該当する猫が保護されていないか尋ねるのも有効。近所に張り紙を出すのも忘れずに。この時「謝礼さしあげます」の一文の効果が高いという声もある。

「脚本家」っていう仕事を、もっとみんなに伝えなきゃいけないな、っていつも思ってるんです。——三谷

まぁ、たしかにどんな仕事かわからない。——清水

清水　私が高一の時に、矢野顕子さんのアルバムで吉野金次さんって方を知って、エンジニアという存在を知ったんですよ。それまでレコードは、歌手がいてレコーディングディレクターがいれば簡単にできるんだなあ、と思ってんだけど、実はそうじゃなくて、吉野さんがいると全然音が違うんだっていうのを知ったわけですよ。

三谷　そんなに違うもんですか、やっぱり。

清水　私はそんなに詳しいわけじゃないんだけど、全然違うんですね。まあとにかく、日本のエンジニア界の第一人者の吉野さんがご病気で倒れられたんで、矢野顕子さんはじめミュージシャンの有志がノーギャラで、スタッフも有志で、下北沢のタウンホールを借りてコンサートを開いたんです。

三谷　へぇ。

清水　細野晴臣さんと矢野顕子さんが出るってことを聞いたんで「ぜひ行かせてください」って見てきたんです。まず矢野さんが出ました。細野さんが歌われました。続いて「参加したいと言ってくれた人を紹介します。ゆずです」っつって、ゆずが出てきて

歌うんですけど、ゆずの二人もやっぱり吉野金次さんにお世話になったことがあるんですって。で続いては友部正人さんです。続いては井上陽水さんです。どんどん出てくるからちょっとビックリして。

三谷　すごい顔ぶれですね。北沢タウンホール始まって以来の豪華さなんじゃ。

清水　そう、その後も大貫妙子さんが歌ったりして、最後は佐野元春さんが出ていらっしゃいました。佐野さんが吉野さんに会ったのが、大瀧詠一さんのスタジオなんだって。大瀧さんと吉野さんはずっとコンビで仕事をされてたんですけど、そのレコーディングに立ち会ってる時に、「僕が考えたこの曲をどう思いますか？　ぜひ吉野さんでお願いしたいし、こういうサウンドでやってほしいんですけど」って言って、ギター一本で歌った曲をカセットに入れて吉野さんに聞かせたんだって。「ちょっと二十分、時間くれる？　考えさせて」って、聞いたあとで「これすごくいい曲だから、佐野君、ぜひやろう」って言ってもらえてできたのが「SOMEDAY」です。今日はギター一本で歌わせていただきます、って……もう、鳥肌立ちましたね。

三谷　それだけの人に慕われてるというだけで吉野さんの人間性がわかりますよね。

清水　そうなのよ。で、感動はそれだけじゃ終わらなかったんですよ。

三谷　清水さんもステージに呼ばれたんだ。

清水　違いますよ。よかったな、と思って帰ろうとしたら、私の目の前にすごい美女が立って「すいません、清水さんでいらっしゃいますよね。私は吉野金次の娘なんですが、父がいつか清水さんで一枚レコードを作りたい、CDを作りたいなと申しております」って。

三谷　大ベテランが清水さんでCDを作りたいと。

清水　すごいうれしくって、お嬢さんに、「実は私は、高一の頃から、こうこうで、渋谷のジァン・ジァンの地下にミキサー室があって、そこが初期の吉野さんのホームグラウンドだったんですけど、そこに見に行ってたこともあるし、自分がレコード作る時は、吉野金次さんのスタジオを使ってたくらいに、ファンだったんですよ」って言ったら「そうですか。それは父も驚きます」っておっしゃってましたね。どうです、美談でしょ。

三谷　うん。いい話ですね。早く元気になって、ぜひ清水さんのレコーディングをしてもらいたいものです。

清水　吉野さん、ぜひお願いします。

三谷　その時、僕のコーラスはいいですか？

清水　私がよくても、吉野さんが断ると思います（笑）。

三谷　清水さんが吉野さんを知ってエンジニアを知ったように僕も「脚本家」っていう仕事を、もっとみんなに伝えなきゃいけないな、っていつも思ってるんです。

清水　さっそく自己中心（笑）。まぁ、たしかにどんな仕事かわからない。

三谷　知らない人って多いですよ。たとえば、地方の親戚の家に行ったりとかすると「どう

清水　いう仕事してるの？」「脚本家ってなに？」とかって必ず聞かれるんですよ。いい質問ですよね、うんうん。私もそう思ってた。

三谷　テレビドラマに台本というものがあるってこと知らない人が、まだいらっしゃるようです。あの、原作があるっていうのは皆さんご存知なんですよね。原作のその本をそのまんま映像化してる、本に書かれたセリフや言葉を、みんな言ってる、もしくは俳優さんたちが自分たちで考えてしゃべってると思ってる方が多い。

清水　最近はマンガ原作も多いから、そのまんましゃべれそうだもんね。

三谷　そうなると脚本家は一体何をやってんだ、っていうことになる。監督さんなの？　みたいなふうに。

清水　「脚本家って何をしてる人？」って言われて、どういうふうに答えたんですか？

三谷　「俳優さんはね、ああやって普通にしゃべってるみたいに見えるけども、全部僕が書いたセリフを、ただ言ってるだけなんだよ」

清水　嫌な親戚だなあ（笑）。

三谷　（笑）そんなふうには言わないですけど。でも、一字一句全部とにかくセリフは書いてるんだよ、って話をしましたけども。

清水　なるほどなあ。ふーん。実は私、いまだによくわかんないのがプロデューサーですね。

三谷　確かに「何をしてる人なんだろう」って思いますよね。いなくてもいいんじゃないかって思うんだけど、いなきゃだめなんですよ。

清水　何かあった時に、その人が一番責任取らなきゃいけないんですよね。

三谷　まぁ、そうですね。プロデューサーが一番偉いわけですから、やっぱり責任取ってもらわないと。

清水　でもそれはディレクターでもいいじゃないか、って気がするじゃん。監督なんだよ。現場監督なんだから。

三谷　アカデミー賞の監督賞、脚本賞、作品賞っていっぱいありますけど、作品賞はプロデューサーに与えられる賞なんですよね。

清水　無声映画の時代から、プロデューサーというのはあったんですか？

三谷　もう一番最初からあったんじゃないですか。プロデューサーがなくて、監督から始まることはないです、きっと。「さあ、なんかやろう」って言い出すのはプロデューサーですもんね。

清水　じゃ、やっぱり偉いんだね。自分でプロデュースして出演する人もいるの？

三谷　トム・クルーズがそうですね。こないだね、飛行機の中で「ミッション：インポッシブルIII」を見たんです。

清水　あ、私も見た！　私はIもIIも知らないくせに。IIIだけ見た。

三谷　「III」はすごい面白かったですね。僕「I」が大っ嫌いだったんですよ。いや、なぜかっていうと、もともとはテレビの「スパイ大作戦」っていうシリーズじゃないですか。僕はその大ファンなわけですよ。集団でいろんな作戦をやっていく話なのに。映画の「ミッション：インポッシブル」は、トム・クルーズがちょっと孤軍奮闘みたいな感じ。

清水　いいじゃん、別に。ジェームズ・ボンドだって、そういうとこあったじゃん。

三谷　ジェームズ・ボンドはいいんです。だってジェームズは友達いないから、あんまり。でも「スパイ大作戦」はみんなで頑張るのがいいのに、映画になるとトム・クルーズが一人でやるわけで、だからなんかね、これは違う、と。だから「II」が公開された時に、僕はもう見なかったんです。で、より一人で頑張る話らしいっていうのがわかったんで、もうこれは「スパイ大作戦」じゃない、「トム大作戦」だと。そんなのはもう見たくない、と敬遠してました。

清水　え？「III」もトム一人頑張ってた感じがしたけど、違うの？

三谷　「III」も見るつもりなかったんだけど飛行機の中でたまたま見たら、一番今までの「スパイ大作戦」のテイストを活かしてたわけですよ。

清水　へえ、IIIだけ見た私ってツイてるな。

三谷　今回は、仲間がいたじゃないですか。

清水　いましたね、美女もね、活躍して……五分くらい活躍したね。

三谷　バチカン宮殿に行く作戦とかが、トム一人じゃ無理じゃないですか。みんなで力を合わせないとだめだったでしょ。

清水　まあまあ一応ね。でも印象的にはトムだけが頑張った感じがするけどね。

三谷　だから、まだまだなんですけどね、僕に言わせると、でもかなり面白くはなっていた。あれでトムが出てなかったらもっとよかったのになあ。

清水　「新選組！」じゃないんだからさあ、そんなにみんなを出さなくてもいいんじゃないの？

三谷　いや「ミッション：インポッシブル」って名前をまがりなりにも使うんであれば、集団ものにしなきゃだめだ、っていうのが僕の意見。

清水　あ、「ミッション：インポッシブル」ってそういう意味も含むの？　じゃあ、一番大事なミッションを忘れちゃったんだね、トムは。

三谷　テレビの「スパイ大作戦」っていうのは原題が「ミッション：インポッシブル」なわけですよ。トム・クルーズはそのドラマが大好きだったんだって。主人公っていうか、重要な役割を果たす、変装の名人「ローラン・ハント」って役名があるんですけど、ローラン・ハントって人がすごくいい役だったんで「あの役をやりたい」っていうふうに彼は思って、で、自分でプロデュースして、自分の役をその変装の名人にして、名前はね「イーサン・ハント」。それくらい「ミッション：インポッシブル」を彼は好きだったはずなのに、蓋開けてみたら「トム大作戦」になってるわけですよ。

清水　そりゃ、やっぱり自分でプロデューサーやってるくらいだから、ちょっとくらいいいんじゃないですか？

三谷　自分、自分だよ、結局は。世の中。

清水　（笑）自分だって今そんな感じじゃないですか。あれだけヒットしたってことは、大衆の心をつかんだわけですから、いいんですよ。ミッション大成功ですよ。

三谷　でも一番大事な「スパイ大作戦」の心を忘れてるよ、トムは。一番大事なミッションを彼は失ってしまったんですよ。

清水　ちょっとそれ、私が言ったから（笑）。

三谷　（笑）残念だったですよ。だけど「III」はまあ許しましょう。

清水　すごい面白かったですよ。トム！

三谷　でも、マニアにとって言わせてもらうならば。

清水　マニアはうるさいからな（笑）。でも知ってる？　トム、映画の会社と契約が切れたんだって。

三谷　なんか変わった人らしいですね。トーク番組に出て急にテーブルの上に乗るかなんかして「愛してるぞ！」とかなんか叫んだり、とか。

清水　そうすると「ミッション：インポッシブルIV」はひょっとすると、テレビに近い形になるかもね。なんなら脚本書いたら？

三谷　オファーがあれば喜んで。

清水　でも、三谷さんも奇行癖がなぁ……（笑）。

ついでの話〈吉野金次〉

一九四八年一月十九日、東京生まれの伝説的レコーディングエンジニア。いわゆるミキサーという、収録した音のレベルを決めたり加工したりする専門職である。東芝を退職後、日本で初めてフリーのレコーディングエンジニアとなり、渋谷ジァン・ジァンの地下に「Ｈｉｔ Ｓｔｕｄｉｏ」と名付けたスタジオを設け、はっぴいえんど、吉田美奈子、矢野顕子、沢田研二、矢沢永吉、中島みゆき、佐野元春らの名盤の音源制作に携わった。二〇〇六年春、脳血栓に倒れ闘病中の吉野氏を励まそうと、矢野顕子が細野晴臣らを誘って、収益を治療費に充ててもらうためのコンサートを緊急開催。清水が見たとおり、会場の北沢タウンホールには、友部正人、大貫妙子、佐野元春、ゆず、井上陽水、高田漣、高野寛、コシミハル、浜口茂外也、伊賀航、鈴木惣一朗らが駆けつけた。この模様はＤＶＤ「音楽のちから～吉野金次の復帰を願う緊急コンサート」で楽しむことができるので、ぜひあなたも購入して、吉野さんを励ましてください。

今度の作品で初めて僕は映画監督になれたのかもしれないね。——三谷

おお、前向きだね。三谷監督の悩みを素人にもわかる範囲で教えてもらえる？

——清水

清水　三谷さん。お忙しいですか。

三谷　忙しいですよ。

清水　ヘアスタイルにすごく、顕著に表れてらっしゃるんですけど。

三谷　どうなってます？

清水　何とも言えないカーリーな感じなんですけれども。

三谷　実は食欲がなくて、食べようと思えば食べられるけど、食べたくないんですよ。この半月で五キロ痩せました。総理大臣を辞められた時の安倍（晋三）さんと同じなんですよ、症状が。

清水　お医者さんには診てもらったの？

三谷　行きましたよ。だけど、どこも悪くない。

清水　うらやましいなぁ。どこも悪くなくて半月でダイエットかぁ。

三谷　体重減らすには映画撮るのが一番いいですよ。

清水　映画ダイエットね。流行らなさそう。でも贅沢な悩みじゃない。

三谷　こんなに大変な映画は初めてなんで、考えることがいっぱいあるんですよ。これまでは結構……。
清水　手を抜いていたもんね。
三谷　手は抜いてませんけど「お気楽にやることが僕のカラーだ」みたいなところもあったんですけど。今回はなんだか、悩んでるんです。
清水　私、始める前に口を酸っぱくして言ったじゃないですか。「三谷さんはそんな、体力勝負みたいな暴力的な作品をやって大丈夫なの？」って。
三谷　まあね、殺し合いが出てきたりしますけど、それは全然平気だったんです。でも今回は映画の大変さ、難しさが初めてわかったみたいなね。今度の作品で初めて僕は映画監督になれたのかもしれないね。
清水　おお、前向きだね。三谷監督の悩みを素人にもわかる範囲で教えてもらえる？
三谷　まず、自分の思ってることを正確に人に伝えられないっていうことかな。
清水　ああ、なるほど。監督の頭にあるイメージを周りの人に伝えなきゃいけないものね。
三谷　この間もね「小道具で潜望鏡が欲しい。こんな感じの」って言ったんですけど。
清水　潜望鏡が出るんだ……一体、どんな映画撮ってるの？
三谷　スパイがね、使うやつ。
清水　水に潜るやつでしょ。
三谷　水の中で使うことが多いんですけど、映画では相手に見られないように、壁の向こうに隠れてて、潜望鏡の先っぽだけを出して偵察するんです。
清水　どんなシーンかイメージできないけど、とにかく潜望鏡が必要になったと。
三谷　「こんな感じの、すごいオモチャっぽいやつがいいんですけど」みたいな感じのことを言ったところ、スタッフが見つけてきてくれたのは、すごい立派な潜望鏡。
清水　また映画のスタッフもよく探してきますよね。
三谷　むしろ「どこでこんなの見つけてきたんですか」っていうぐらい、すごい。
清水　褒めてるんじゃないんだろうけど。
三谷　「ああ、こうじゃなかったんだけどな」ってなっちゃって。やっぱり人に思いを伝えるっていうのは難しいですね。
清水　インターネットで探したらどうですか？　求む潜望鏡とか。
三谷　もう撮っちゃったからいいんですけど。
清水　結局、スタッフが見つけた立派な潜望鏡を使ったんだ。
三谷　いや、うちにあったのを持ってったんですけど。
清水　何で持ってんの？　どこ覗いてんの？
三谷　昔、友達からクリスマスプレゼントにもらったやつがあってですね。
清水　類は友を呼ぶね。あれって本当にどっか覗けるもんなの？　たとえば奥さんの部屋とか。
三谷　妻の部屋は……覗きませんけどね。見ようと思えば正面きって見られますから。僕の持っているのは、どこから見てもオモチャみたいなやつなんです。で、今回の映画でもそういうくだらなさを表現したくて、オモチャみたいな潜望鏡が欲しかったんです。

清水　じゃ、はじめから自分のを持っていけばよかったじゃない。

三谷　「これを使ってほしいんだ」って監督が持ってくるとスタッフの仕事を奪うことになっちゃうから、イメージだけ伝えたらそれが悪い結果になって戻ってきた。

清水　でも、ホントに友達からもらったのかなぁ。何かを覗こうとして自分で買ったんじゃないの？　カッコ悪いよ、「三谷監督逮捕！　潜望鏡で街をうろうろ」って新聞に出ても。映画のロケは今が佳境なんですか？

三谷　そうですね。この間は都内のある中華料理屋さんで、ロケをしました。目黒通り沿いにあるお店なんですけど。リハーサルして準備して、さぁ、本番ってなった時に、表がいきなり騒がしくなったんですよ。人がいっぱいあふれてきて。

清水　映画のロケやってるぞって、野次馬が集まってきたんだ。

三谷　そう、「この撮影を見に来たのか」と思ったんですよ。「何だよ、人止めしとけよ」みたいなふうになったんだけど、どうもそうじゃないらしい。「何だ、何だ」って見に行ったら、欽ちゃんが走り抜けていった。

清水　「24時間テレビ」で欽ちゃんがマラソンした日だったんだ。欽ちゃん見た？

三谷　僕は見なかったんですけど。香川照之さんが外に出ていって「欽ちゃん見て感動し

清水　た」って言ってましたね。

三谷　感動するかも。

清水　もし撮影が始まっていたら、大変なことになってましたね。欽ちゃんが後ろ通っていく、それこそモザイクにしなきゃいけない。

三谷　カットすればいいんですよ。

清水　でも、せっかく欽ちゃんが立ち寄ってくれたのに。

三谷　通りかかっただけですからね。立ち寄るといえば、私ん家の近所にかき氷屋さんがあるんですよ。老舗《しにせ》なんだけど「おばちゃんが怖いらしい」という噂は子供から聞いてたんです。

清水　思い切って行ってみたんだ。

三谷　今年の夏は暑かったじゃない。かき氷ののれんに思わず吸い込まれてお店に寄ったんですよ。で、「すいません、かき氷ください」って。おばちゃんが出てきたから「抹茶と、あずきの氷ください」って言ったら「何それ？　宇治金時って言ってちょうだい！」って怒鳴るように言われてものすごい怖かった。

清水　噂通りだったんだ。

三谷　思わず「あ、すいません」って言ったんだけど、あとからその氷片手に「何であんな言い方されなきゃいけないのかしら」って。

清水　ほんと、そうですよ。

清水　だけど、不思議なもんで、そのときにパッと「何その言い方は」って言えるような訓練を小さな頃からしてたら、違ったんだろうな。
三谷　瞬発力ですからね。
清水　そうなの。ケンカって絶対に瞬発力が武器だよね。私はいっつもあとになって、お風呂でからだを洗ったりしながら、ムカムカムカ「思い出し怒り」をしちゃうんです。
三谷　もう一回行けばいいじゃないですか。
清水　もう一回買いに行くの？　シミュレーションしてみよう。ハイ、店に入りました。
三谷　「あずきと抹茶」
清水　「ちょっと！　宇治金時って言ってよ！」
三谷　「はあ？　何その言い方は」
清水　（笑）おじいちゃん！　なんであなたが私の役をやってるのよ。練習にならないじゃない。
三谷　まず役割分担ちゃんとしてから始めてくださいよ。あの、宇治金時っていうのは抹茶とあずきなの？
清水　そうだよ。そこから説明すんの？　あんたを叱りつけたくなります。
三谷　一応、確認したまでですよ。
清水　今、無性にあんたを叱りつけたい。
三谷　でも、「あずきと抹茶」というのは「あずき一つと抹茶一つ」だったかもしれないし。

そのおばさんもちょっと軽はずみですよね。
清水　そう言えばきっと「宇治と金時って言いなさいよ！」ってくる。
三谷　そしたら、もう引き下がるしかないですけど。
清水　そうなの。だからこの暑い中、氷も食べられなくてカンカンですよ、身も心も。
三谷　うちの近所にもありますよ、かき氷屋さん。
清水　そこは短気？　長気？
三谷　何が？　お店の人の性格は長気ですよ。店も長期でやってる。すごいのどかで平和な店ですね。
清水　じゃ、ドロドロなやつ出てくるでしょ。氷は、売る人そのものだから。
三谷　いや、おいしいですね。でもね、そこはテイクアウトできないんですよ。すごい立派な器に入って、そこでしか味わえない。
清水　へえ。
三谷　高級氷屋さんですね。
清水　氷なのに。
三谷　と思うでしょう。でもね、「生きてて良かった」と思うような味なんです。
清水　でも、氷って八百円しようが百円しようが、昔みたいなサラサラの「お前はつながってんのか？」みたいな氷ってなくなったわよね。
三谷　サラサラの？

清水　うん、ふわふわふわふわしたやつがなくなって、どれもこれもジャリジャリジャリジャリした氷の塊《かたまり》よね。電動になってから？
三谷　え？　歯ごたえのない氷なんてどうだろ。
清水　歯ごたえ好き？　私、歯なんか当てたことないわ。
三谷　そりゃ限度ありますよ。固体すぎるのは嫌ですよ。「ガキッ、ガキ」みたいのは嫌だけど。やっぱシャリシャリ感は必要ですよ。
清水　そうそう。それは歯ごたえじゃなくて口の中のことでしょう？　やっぱり私たちは噛《か》み合わないのよ。もうそろそろ、このコンビも解凍です。

ついでの話〈潜望鏡〉
　反射鏡などを利用して視点の位置を変える光学装置のこと。潜水艦の中から海上を見るための潜望鏡のように、プリズムやレンズを用いて望遠鏡の機能を備えたものが主流。潜水艦以外でも、塹壕《ざんごう》戦で地上の様子を観察するために用いられたり、戦車にも搭載されたりと、もっぱら戦争兵器として使用されているが、我々民間人は、バード・ウォッチングなどに利用することもある。
　かつて子ども向けの雑誌に、紙筒に鏡を二個接着させる「潜望鏡を作ろう！」キットなどの付録がよくついていた。また大人向け雑誌の通販コーナーなどに掲載されていた「NASAが開発した特殊潜望鏡！　隣の部屋の着替えも丸見え！」などの広告に思春期の男子は心を動かされたものである。

バート・ランカスターって言ったらもう。——三谷
アゴが効いてる人でしょう。——清水

清水　私、ついこないだ、本屋さん行って、五百円で買えるＤＶＤを買ったんですよ。ヒッチコックの映画。
三谷　何を？
清水　「恐喝《ゆすり》」（一九二九年、イギリス最初の無声映画）っていうのを見た。
三谷　すごい古い映画ですよね。
清水　超古かった。途中、後悔したもん。「これがまだずっと続くのかい？」と思って。
三谷　確かに今の感覚で見ると、かなり古い感じは否めないでしょうが。
清水　しかも私なんか、やっぱりせっかちなせいか「ここはカットしていい、ここもカットしていい」ってシーンばかりで。
三谷　「ヒッチコック先生の映画をあんたが言うな」って、ね。
清水　でもヒッチコックさんが出るシーンだけ面白かった。
三谷　出てましたっけ？
清水　出てるんですよ、一シーン。「いらないじゃん、このカット」っていうところに面白い顔したおじさんがいるんだもん。

三谷　「恐喝《ゆすり》」ってどんなのだったっけ？

清水　「恐喝《ゆすり》」っていうのは、一人の女が恋人を裏切って浮気をするんです。その恋人は刑事なんだけど、浮気相手は絵描きさん。女の人が誘われるがまま絵描きさんのところに行って喧嘩になって女の人が殺しちゃう。

三谷　面白そうだ。

清水　現場に行った刑事は、恋人の手袋が落ちていたのを見てピンときた。「彼女のだな」って。だけど恋人のこと愛してるから「これはなかったことにしよう」とするんです。でも、ある男がその秘密をつかんで脅すんですよ。「残念でしたね、私は知ってしまいましたよ」って、「これからゆすりが始まっていくぞ」っていう話なんですよ。超怖いんです。

三谷　ちょっと待ってください。僕、今、全部話しちゃうんじゃないかと思って、すごいドキドキしてたんですけど。

清水　それは大丈夫。私がいいなって思ったのは、映画の中で男の人が悪人に変身する時、ガラスから光が差し込んで、葉っぱの影ができるんですけど。それが、悪いやつの顔に重なって「悪魔のほほえみ」みたいになるんです。

三谷　口裂け女みたいになるんだ、ニュッと。

清水　うん、そういうような影になってて。「これ何かに使いたいな」って。

三谷　それはちょっとヒッチコックも、やりすぎた感じしますね。

清水　私の言い方が悪いんだと思います。ヒッチコックの悪口を言わないでください（笑）。

三谷　で、本当にちょっと怖かったんですよ。「ヒィッ」て思っちゃったんですけど。思い出した。当時の映画は悪役に必ずヒゲが生えてたんだって。それで、あえてヒッチコックはその定番を破って、ヒゲのない悪者を出して、そのかわり一瞬だけ葉っぱの影がヒゲに見えるような遊びをしたって話を聞いたことがあります。たしか、まだヒッチコックが若かった頃の作品ですよね。

清水　たしかって、もしかして見てないの？

三谷　だってそんなに面白いっていう話聞かないもん。

清水　そんな……やっぱり五百円ＤＶＤなんてそんなものか。

三谷　でも、五百円ＤＶＤでしか見られないオススメの映画もあるんですよ。

清水　ぜひ、教えてください。

三谷　「真紅の盗賊」

清水　真っ赤なんでしょ、盗賊が。

三谷　盗賊っていうか、海賊映画なんですけど。たぶん原題が「ザ・クリムゾン・パイレーツ」なんでしょうね。

清水　私ね、「パイレーツ・オブ・カリビアン」はもうちょっと、「解散」って感じだったんですよ。

三谷　いや、「パイレーツ・オブ・カリビアン」の数倍は面白いですよ。

清水　ほんとですか。
三谷　ロバート・シオドマク監督。
清水　聞いたことない。
三谷　バート・ランカスター主演。
清水　あ、聞いたことある。
三谷　バート・ランカスターって言ったらもう。
清水　アゴが効いてる人でしょう。
三谷　うーん、それはもしかしたらカーク・ダグラスのことかもしれないですけど。アゴが割れてるから。バート・ランカスターは、昔サーカスにいたんですよ。空中ブランコとかやってて。だからすごい身が軽いんですよ。
清水　海賊にぴったりだ。
三谷　もう、エンターテインメント映画の全てがここにあるって感じ。相当、面白かったですね。ワクワク、ハラハラ、ドキドキ、ゲラゲラ。ちょっと感動があって。
清水　海賊ものってあんまり揺れないのは、ピンと来ないんだよね。いるかどうかもちょっと。
三谷　いますって。
清水　こういう「カリビアン」みたいな海賊はいないんですよ。「ヨーホー、ヨーホー」みたいなのは映画の話でしょ。

三谷　そりゃ、派手な帽子かぶった海賊はいないと思うけど海賊はいましたよ。
清水　でも賊ですからね、悪いやつらなんですよ。そんなに脚光を浴びせなくてもいいんじゃない？
三谷　中にはいい賊もいますよ。ねずみ小僧だって義賊じゃないですか。
清水　詭弁。
三谷　賊は全部悪いと思ってるんでしょう。そんなことないですよ。
清水　説得力ないなぁ。「泥棒にもいい泥棒もいるんだよ」って（笑）。
三谷　いますよ。ルパン三世はどうですか。
清水　悪いやつですよ、泥棒だもん。
三谷　彼のどこが悪いんですか。
清水　とにかくいつだって彼は何か盗んでんでしょう。それで「不ー二子ちゃーん」とかにあげたりとか。
三谷　いけないことですか、それは（笑）。
清水　いけないですよ。じゃ銭形何してんのよ。あれ、楽しんでるわけじゃないんだよ。悪いから捕まえようとしてんでしょうが。
三谷　まぁね、罪を犯すのはいけないことです。でも「真紅の盗賊」のバロっていう主人公なんですけど、バロはいいやつなんです。男が惚《ほ》れるタイプですね。
清水　主役ですからね。だいたいそうなってます。

三谷　アクション映画の面白さを語るのはすごく難しいんですけどもね、とにかく見てください、としか言いようがないですけど。
清水　わかりました。
三谷　五百円の価値はある。七百円ぐらいの価値はあります。
清水　モノクロですかね。
三谷　カラーですけど、今のカラーとは全く違う、からだに悪そうなカラーです。
清水　毒々しいんですか。
三谷　毒々しいカラーですね。面白いですからぜひご覧ください。「深紅の盗賊」です。
清水　なんか台所荒らしそうですね……「シンク」の盗賊……。アイ・シンク・ソー。

ついでの話〈「真紅の盗賊」〉
ワンコイン映画で知られる「ファーストトレーディング」社から販売されているＤＶＤ作品。一九五二年製作、監督ロバート・シオドマク、主演は、バート・ランカスター。
あらすじ
十八世紀、「真紅の盗賊」と恐れられたバロを頭目とする一味は、奇策を弄してスペインの監視艦をそっくりぶんどった。しかし船にあったものは銃や弾薬だけで、期待した黄金はなかった。バロはこれをコブラ島でスペインに反乱を企てている、エル・リブレに売りつけることに決めた。軍船に乗っていたグルーダ男爵は、エル・リブレを捕まえたら五十万フローリン与えると約束した。バロは腹心のオーホとともに一党の本拠地に潜入したが、兵隊に追われ、逃げ回った末、叛徒一味の有力者にでくわし、がんじがらめに縛られて本拠地に連れて行かれた。ａｍａｚｏｎ．ｃｏ．ｊp他で五百円ぽっきりで発売中。

何でもかんでもあんたたちは、三とか五とか、奇数にしたがるじゃん。
——清水

「三大珍味」とかね。——三谷

三谷　清水さん、夏休みに海外へ行かれてたそうですね。

清水　そうなんです。家族でハワイに行ってきたんですよ。ホテルではなくてコンドミニアムを借りたんですよ。近所のスーパーとか行って「何このエビ、でっかいわ」とか思いながら国産とぜんぜん違う食材を買って、調理するのが大好きで。

三谷　いいですね。

清水　六夜あったうち、外食は一晩だけだったんですよ。

三谷　それで清水さんはいいんですか？　よくうちの奥さんとか、旅行の時くらい料理は作りたくないとおっしゃってますが。

清水　実は私もそうなの。でもね、何か楽しいのよね。やっぱり調理って面白くてね。そういえば買い出しにスーパー行った時なんですけど、知らない日本人の若い男性がレジのおばさんにね、「ウェア　イズ　アロハシャツ？」って言ってるんですよ。でも、おばさんは全然聞き取れなくて「ホワット？」って何回も言ってるの。

三谷　アロハシャツが伝わらないんだ。

清水　確か「アロハ」っていう言葉もあんまり使われてなかったよ。
三谷　そうなんだ。
清水　うん。「たぶんシャツを、『シャート』って言えばわかるんだけどな」って思ってたんだけど、そこは出しゃばらないミッちゃん、と思って。
三谷　ほんとは「シャート」で通じるの？
清水　たぶんね。で、おばさんがペンを渡して、「ライト」、「書いてくれ」って言ったの。すると彼は「わかりました」って言いながら何て書いたと思う？
三谷　アロハシャツの絵を描いた？
清水　「アロハシャツ」ってカタカナで書いてるの（笑）。
三谷　面白いですね。
清水　そしたらそのおばさんは、それ見て「ノー！」って。「カンジ、カンジ」って言ってるの。
三谷　あははは。
清水　おばさんはカタカナのことを漢字だと思ったみたいで。「それは漢字でしょ！　英語で書きなさいよ」と言いたかったんだろうけど、まるで「漢字で書け」って言ってるみたいじゃん。で、男の子が「漢字でどうやって書けばいいんだろう……」ってまた悩み始めてたんです。そこでさすがに私の出番だろうと。
三谷　漢字で書いたんですか？

清水　「Ｍａｙｂｅ　ｈｅｓ’　ｌｏｏｋｉｎｇ　ｆｏｒ　ａ　ｓｈｉｒｔ.」って言ったら、おばさんもすぐわかってくれたんです。我ながらちょっとかっこよかったですね。
三谷　「たぶんシャツのことをこの人は言ってるんだよ」っていうことなんですか。
清水　そう。どうですか、この人助けぶり。
三谷　もう少し早く教えてあげればねえ。彼も恥をかかずに済んだんですが。
清水　だから私が問題にしたいのは、その若者がカタカナで書いたっていうところがね。最近の若い人たち、聞いてますか。
三谷　僕？
清水　いやいや、あなたは、どう考えても四十過ぎでしょう。
三谷　あ、全国の若い人。聞いてますか。
清水　若い人たち、聞いてますか。学力が低下したとか言われてますけれども、私としては、まず人の気持ちを察することの大切さを学んでもらいたいんです。
三谷　いいこと言いましたね。
清水　教頭、黙っててください！　みんなも、勉強も大切だけれども。
三谷　聞いてるか。
清水　教頭先生、ちょっといいですか。気持ちはうれしいんですけども、私一人で説明してるところですので、今は黙っててください。
三谷　了解。

清水　だから、人の気持ちをわかった上での……。
三谷　おい、そこ！
清水　（笑）例えば今の教頭のように人の気持ちに鈍感になるなという……。
三谷　すいません。
清水　でね、私がハワイで一番ビックリしたことがあるんですけど。
三谷　あのぉ、その話は明日にとっときませんか。今は亡き構成作家のマツオカさんの言葉を思い出すんですよ。
清水　マツオカさんはまだ死んではいない。今、海外に旅してるだけ。
三谷　彼は言ってたじゃないですか「一つのテーマでできるだけ伸ばしましょう」って。
清水　そんなこと言ってたっけ。
三谷　あまりにも清水さん、どんどんどんどんネタを使い果たしちゃうから、収録の終わり頃には何も話すことがなくなるって。「もっと粘るんだ」って言って去っていったじゃないですか、彼は。
清水　そうか。確かそういう話しました。ごめん、若い人に注意したのに。私が人の気持ちを察することができていなかったなんて。
三谷　そうですよ。まぁ、そこに気がついただけでもよかったですね、清水校長。
清水　教頭先生……すみません。
三谷　頑張って、頑張って。

清水　（笑）なんで、こんな展開になるのよ。大体なんで教頭のくせにそんなに上から目線なのよ。あとね、アロハ少年より驚いたことがあるんですよ。
三谷　いいでしょう、聞きましょう。
清水　普通に携帯電話にメールがくるんですよ。
三谷　さすが、我々の番組のスポンサー、ドコモさんですね。
清水　プレゼンティッド　バイ　ドコモ〜！　東京にいる光浦靖子さんから「ミッちゃん、これから食事行きませんか？」って来たんですけど、すごくない？
三谷　僕は常に日本にいる側ですから。
清水　逆に便利すぎてすごく忙しい人は大変だな、と思いましたね。
三谷　僕は日本にいても、メールはあんまり来ないですけどね。清水さんもハワイからは送ってくれないし。
清水　とにかく私がハワイで驚いたベスト3は、アロハの少年、そして外国でもメールができるということ、もう一つが「サイキックリーディング」をしてもらったんです。
三谷　サイキックリーディングというのは占いですか？
清水　ずっと前に行った時に、「職業は」って聞かれて恥ずかしかったから、「ニュースなんかをテレビで紹介したりしてます」って言っちゃったの。
三谷　アナウンサーだと勘違いされたんじゃないですか。
清水　それでしばらく「あなたの運命はああで、こうで」なんてこと言ってたんだけど、

三谷　「どうもおかしい」って言うの。「ニュースを読んでるあなたがとてもふざけてる」って言われたんです。
清水　ニュースキャスターのモノマネしてるところが、彼女には見えたんですかね。
三谷　「やっぱりわかるんだ」って感動したんだけど、うちの旦那さんは「それは、その通訳の人がお前のこと知ってて、アイコンタクトか何かで教えたんじゃないか」とか言って信じてなかったんですよ。
清水　まぁ、それ以前にどう見てもニュース読んでる人には思えないからね。
三谷　で、とにかくまたその人に見てもらってきたんですよ。残念ながら前回の方とはお会いできなくて、また違う人にサイキックリーディングをしてもらったんですよ。
清水　どうでした？
三谷　ビックリでしたね。いきなり「お父さん亡くなりましたね」って言われたの。で「お父さんはそこにいますもの」って言われて。実はね、父の遺骨を、持ってたんですよ。
清水　ツボを抱えて？
三谷　遺骨のほんの一部を！　ですね。どうせハワイに行くんだから、と思って。
清水　どうせ……って埋めてこよう、っていうこと？
三谷　違いますよ。お父さんもハワイに連れてってあげようという、娘のあったかい気持ちですよ。トランプの透明のケースに入れてね、持っていったんですよ。
清水　トランプのケースに……エースでもババでもなく。

清水　そうジジを入れて。もちろん占ってもらってる時は、ホテルの部屋に置いてきたんですけど「やっぱり遺骨持ってきたのがわかんのかな」と思いましたね。「すごくニコニコしてて、楽しそうにあなたのおばあさまとお話ししてますよ」と言われてうれしかったですね。

三谷　でも水を差すようですが、それはちょっとどうだろうな。

清水　どこが？

三谷　アンテナを張り巡らしてるかもしれないですよ。「清水ミチコ、ハワイ来てるらしいぞ」。

清水　お父さん死んでるなんて、放送で言ったことないですよ。

三谷　でも、こういう線もありますよ。その人は四十代後半の人を見ると必ず「お父さん亡くなりましたね」って言うのかも。

清水　四十代後半になると亡くなってるケースが増えてきますからね。でも三谷さんもカケで一度見てもらうとわかるかもしれませんね。

三谷　じゃ、ハワイに行った時の楽しみにしておきます。これでハワイといえば曙以外に思い出すものが増えました。

清水　じゃ、話の続きしていいかしら？　ハワイで一番ビックリした件に移りますよ。

三谷　え？　第三位、二位、一位ときて、もっと上があるってことなんですね。

清水　もう一つ忘れてたんですよ。

三谷　じゃあ最初からベスト4にすればいいじゃないですか。
清水　何でもかんでもあんたたちは、三とか五とか、奇数にしたがるじゃん。
三谷　「三大珍味」とかね。
清水　三大はすごくしっくりくるの。ベスト5もいい感じ。
三谷　ベスト6ってあんまり言わないですもんね。
清水　言わないですね。
三谷　何でだろう。
清水　六位の時、すごく微妙な喜びだよね。「六位は、三谷幸喜さんです」って言われても(笑)。
三谷　確かにそうですよね。
清水　だからベスト4の一位を紹介しますよ。飛行機に乗ったら「サーフズ・アップ」っていうペンギンのアニメーション映画をやってたんです。実は日本語の吹き替え版で、主人公のお母さん役をやったんですよ。
三谷　ペンギンのお母さん。
清水　そう。日本に戻ったら試写会に行くはずだったんですけど、その前に飛行機で見るなんて偶然もすごくない？
三谷　うん、ただ気をつけないといけないのは、今はわかんないけど、ちょっと前までは飛行機専用の吹き替えっていうのがあったんですよ。

清水　聞いたことある。下っ手くそなんでしょ。
三谷　下手とは言わないですけど、なんだか一本調子で「これ、ひょっとしたら機長が操縦しながら一人で吹き替えてるんじゃないか」っていうような時がありましたよ。
清水　昔はそういうこともあったかもしれませんけど、今回はちゃんとした正式な吹き替えの声でしたよ。特に主人公にサーフィンを教えるペンギンのおじさんの声はうまかったですね。
三谷　どなたが担当したんですか？
清水　歌を歌うシーンがあるんです。ハワイアンってちょっと力抜けてるじゃないですか。それを超自然に歌われててね。誰だろうと思って調べたらマイク真木さんでした。
三谷　ちょっと待ってください、清水さんも声の出演をしたんですよね。
清水　イエス。
三谷　でも、相手が誰かはわかんないんだ。
清水　私、マイク真木さんと絡むところは一シーンもなかったし、やっぱみんな忙しいタレントさんばかりだから、お会いすることがなかったんですよ。
三谷　別録りだから。
清水　うん、そう。
三谷　マイクさんは歌だけじゃなく、お芝居も上手ですからね、フジテレビでやってた「ビーチボーイズ」も良かったですよ。

清水　私も見てました。
三谷　僕も吹き替えやりたいのにな。全然話が来ない。
清水　どんだけ出たがりなんですか。そういう相談はぜひハワイの占い師にしてみてください。

ついでの話〈アロハシャツ〉
　ハワイ州観光局のWebサイトによれば、ハワイにシャツが伝わったのは一八二〇年頃。米国本土からの開拓者たちが持ち込んだのがきっかけ。風通しがよくてゆったりした着心地が農作業に適していたこともあってか、その後日本や中国から渡った移民たちの間でも、シャツが評判になった。当時は麻や綿を使った無地のものが一般的で、徐々に移民たちが持ち込んだチャイナドレスや日本の着物などの、カラフルな生地をリメイクしたシャツが作られるようになり、現在のスタイルが定着したと言われている。
　ちなみに「アロハシャツ」と呼ばれるようになったのは一九三六年、ホノルルで洋服店を営んでいたエラリー・チャンが商標登録してから。

「耳がイカっぽいね」って言われてもうれしくはないですけど。――三谷

イカ、めちゃくちゃいいやつですよ。高タンパク、低カロリー。――清水

三谷　サイキックリーディングの話で思い出したんですけど、僕もちょっと占いをやってもらったんですよ。

清水　星占い？　手相？

三谷　耳占い。

清水　おお、当たりそうだねえ。

三谷　耳のかたちで大体のことがわかるって。

清水　耳なら私も、超自信ありますよ。この間も光浦さんとロケやってる途中で、彼女が「アー！」って叫んだんです。「どうした？」って聞いたら「清水さんの耳のかたちが美しすぎて、引くくらいです！」って。

三谷　清水さんは、いろんなとこが美しいんですよね。鎖骨褒められたり耳を褒められたり。

清水　もっと真ん中を褒めてほしいんですけど。細部ばかりです。

三谷　でもね、「神は細部に宿る」っていう言葉があるぐらいですから。

清水　同情は結構です。

三谷　じゃ、ちょっと耳、見せてごらん。

清水　お願いします。どうですか。光浦さんは「理想的なかたち」って言ってましたよ。
三谷　うわ。
清水　詰まってます？　いろいろ。
三谷　いい耳じゃないですか。
清水　そう？　でもあれだよね。三谷さんも福耳ですよね。
三谷　耳占いで言われて初めて気がついたんですけど、僕の耳は左右がちょっと違うんですね。
清水　あ、ほんとだね。右ばっか、大きいね。
三谷　こっちばっかり触ってたからかなあ。
清水　え？　構えば構うほどそうやって肥大していくものなの？
三谷　大きくなるんじゃないですか。
清水　そういえば、胸も揉むと大きくなるっていうもんね。
三谷　清水さんもよく二の腕揉まれてますけど。
清水　太さが気になる人は、引っ張ったり雑巾《ぞうきん》しぼりしたりしなさいって言うからやってたのに、ダメってことになるんだ。
三谷　まぁ、二の腕と耳は部位が違いますからね。それより僕の診断ですよ。僕の左耳見てください。この、細く弧を描いた「じりん」……「耳」に「輪郭」の「輪」ですね。
清水　耳の外側ですね。

三谷　これは神経の細やかさと繊細さの表れだそうです。
清水　え？　その耳は他の人と比べてどうなってるの？
三谷　難しいのは、自分で自分の耳はわかんないから比較しづらいんです。
清水　見たことないもんね。
三谷　そうなんですよ。言われても「あ、そうなんですか」としか言いようがないんです。
清水　あと、何だろう。さっきからずっと耳の話をしてんのにイカのイメージが出てくるんですけど、耳ってイカのどっかに似てない？
三谷　僕の耳が、ってことですか。
清水　エンペラ（ひれの部分）が耳っぽいのかな。
三谷　つやとか質感がそれっぽいかもしれないですけどね。
清水　軟骨の感じとかね。
三谷　「耳がイカっぽいね」って言われてうれしくはないですけど。
清水　イカ、めちゃくちゃいいやつですよ。高タンパク、低カロリー。
三谷　僕こないだ初めてイカの活け造りをいただいたんですけども。
清水　それはおいしそうだ。
三谷　門司にロケに行ったんですよ。
清水　「もじ」って、どういう字書くんだっけ。
三谷　門の司。「関門海峡」ってあるじゃないですか。「下関」と「門司」をつないでるから、

清水　なるほど。「関門」って言うんですよ。
三谷　ロケに行って「せっかくだからおいしいものを食べて帰りましょう」っていうことで。
清水　あの辺多そうだもんね。
三谷　ちょっとした魚料理のおいしいお店っていうとこに行ってですね。でも、僕はちょっと活け造りは苦手なほうなので。
清水　じゃあ、ちょっときついかもね。
三谷　活け造りっていったらやっぱり、バッとでかく来るじゃないですか。でも量もあんまり食べられないから、「ほんと、ちょっとでいいんです」って言ったんですけども、お店の人のサービスっていうかご厚意で、バンバン出てくるわけですよ。巨大な魚たちが。うれしいんですけども「ちょっとこれは食えないな」みたいな。初めてですよ。もう、イカさんの目玉がにらんでるわけですよ、僕のほうを。
清水　さっきまで生きてたんだもんね。
三谷　「僕はなぜここにいるの？　僕のからだはどこ？」
清水　え？　まだ気がついてないの？
三谷　「どうなってんの？　僕の下半身は今どうなってんの？」みたいな感じでいるわけですよ。もう両手、両足、ぐるんぐるんですよ。「やめろ！　食うな！」みたいな。
清水　味はめちゃくちゃおいしいでしょう、すっごい食べたくなってきた。

三谷　よくわかんなかったなあ。ほんとに活け造りって、おいしいもんなんですか。

清水　何かあちらのイカって甘くて、めちゃくちゃおいしいイメージがありますけど。

三谷　死んでからでもいいような気がするんだけどな。だいぶ前に死んでるのは嫌だけど。

清水　当たり前じゃないですか。それじゃイカ燻《くん》になっちゃう。

三谷　「さっき世を去った」ぐらいのほうがいいような気がするんですよ。でも色が全然違うんですね、もう。透明に近い。

清水　そうそう。あれがおいしいんですよね。踊り食いに近いんですよね。

三谷　イカの踊り食いって、相当なもんじゃないですか。

清水　まぁ、踊ってるように見えるっていうのも人間の傲慢な考えなんですけど。

三谷　苦しんでるんだもんな。

清水　苦しみ踊りっていうと、お客さん引いちゃうじゃないですか。私がね、小さい時に「くいしん坊!万才」で、見たんですけど。漁師さんが海で釣りをしました。釣ったばかりの魚を船でさばいて、「さあ」ってお醬油付けて、わさびも付けて食べるんですね。それを一回やってみたかったわけ。ところが、大人になっても、観光で行ったとしても、なかなかそこまでのチャンスは意外とないんですよ。

三谷　漁師さんと船に乗る機会が、まずありませんからね。

清水　ずっと「機会があるといいな」と思ってたんですけど、仕事でその機会に恵まれたんです。でも食べてみたら超おいしくなくって。生ぬるくって、ビックリしましたね。

三谷　何でおいしくないの？　生臭いの？

清水　後日、グルメの人にその話をしたら「魚っていうのは一回とにかく、締めないと。ちゃんと一度冷やさないと、おいしさがやってこない」んだって。すごい楽しみだっただけに、がっかりも大きかったですね。

三谷　ということは、僕が食べたイカの活け造りは……一回冷やしてるのかな。

清水　そうなんじゃないですかね。

三谷　でも彼は明らかに生きてて、まだ僕のほう見てましたよ。

清水　イカだけは、締めなくてもいいのかも。海中に潜って、そのまま食べさせてもらってもおいしそうじゃない？

三谷　泳いでるやつを捕まえて、ガッて食らいつくってこと？　まぁ海だから塩味は効いてますからね。

清水　ところが、魚はおいしそうじゃないじゃん。生臭いからかな。イカはさばいても血が出ない。

三谷　うーん。でも魚も、アジだったかな。まだパクパクパクッってしてるのをいただきましたよ。あれはおいしかった。

清水　じゃすぐに締めたほうがいい魚と、締めなくてもいい魚があるのかな。

三谷　あと、「ほんとにもう結構です」っていう感じだったんですけど、アワビのちっちゃいやつも出てきました。

清水　トコブシみたいなやつ。

三谷　たぶん、とても高価なものだと思うんですけども。それを「レモン搾って食べたらほんとおいしいですよ」とかって言われて、これも、まだ生きてるわけですよ。レモンをチュッと搾ったらそいつが「ウニャ」ッて「酸っぱい！」みたいな感じで動くんです。

清水　そりゃしみるよね、たぶん。

三谷　本当を言うと僕は、それだけは生でいただけなかったんですよ。ちょっと生が続いてたんで、もう口の中が海の香りだらけで。

清水　「都会の人間は、魚に飽きたずらか？」

三谷　「ほんとに申し訳ないんだけど、これがおいしいのはもうわかってるんですけども、できればバター焼きにしてもらえないですか」って言ったら女将《おかみ》さんは目が点になってましたよ。「は？　これをバター焼きですか？」。

清水　よく言ったねえ。私も実は、アワビやトコブシは焼いたほうが好きなの。

三谷　そうですよね。おいしいんですよ、バター焼きは。

清水　でも、そう言うと急にシラける時あるよね。これは糸井さんが書いてたんだと思うんだけど――焼き鳥も「塩にしますか、タレにしますか」って言うと、みんな塩のほうがちょっと偉そうっていうか。

三谷　ありますね。何で塩のほうがちょっと偉い感じなんですか。

清水　「やっぱし通だな」っていうか。
三谷　ストイックな感じしますよね。
清水　うん。「一本目からタレでいく？」みたいなこと言われると「絶対もう次回からは塩でいきます」って反省したりして。
三谷　天ぷらもそうですよね。塩で食べるほうがちょっと高級感がある。
清水　そう。本当はもっと堂々と「甘辛くしてください」ってタレを注文するべきなのよ。
三谷　あれ？　なんでタレの話してるんだっけ。
清水　今夜はこの辺が「しお」どきですね。

ついでの話〈「くいしん坊！万才」〉
「いい味、いい旅、いい出会い」をテーマに全国各地の郷土料理、名物料理、特産物などの食べ物を訪ね、その土地の歴史や文化、人々の暮らしにふれあい、「食べることの喜び」「人々との出会いの楽しさ」を求めるフジテレビの人気ミニ番組。放送開始は一九七五（昭和五十）年六月。
当初は日曜から金曜まで放送されていたが、現在は毎週月曜21：54〜22：00のみの放送。
ちなみに歴代くいしん坊は……渡辺文雄、竜崎勝、友竹正則、宍戸錠、川津祐介、梅宮辰夫、村野武憲（現・武範）、辰巳琢郎、山下真司、宍戸開、松岡修造。

ヤドカリの、見ちゃいけない姿あるじゃない。プライバシー。――清水

カメが甲羅を抜け出して歩いてる姿、見たことないですね。――三谷

三谷　話は戻りますけど僕の耳は、政治家の耳なんだって。

清水　王様の耳はロバの耳なら知ってますけど、僕の耳は政治家の耳……あまり面白い話にはなりそうにないね。

三谷　こう、ちょっと肉厚な感じ。

清水　あ、福田（康夫）さんもそうだね。

三谷　福田さん、いい耳ですもんね。麻生さんは似顔絵が描きやすそうで、実はある意味描きづらいんですよ。

清水　それに比べると福田さんはすっごい描かれそう。

三谷　あと、福田さんのお父さんのモノマネする人も多かったですよね。

清水　どんなんだっけ。

三谷　何か、「フーフー、ハーハー」みたいな。

清水　なに、それ。妊婦さんのラマーズ呼吸法みたい。

三谷　僕は、福田総理大好きなんですよ。

清水　何で？

三谷　前にエッセイに書いた記憶あるんですけど。福田さんってすごく笑いのセンスがある感じじゃっていうか、笑わせようとしてる感じがするんですよ。ちょっとユーモアのセンスっていうか、イギリス人みたいなウィットに富んだ感じがするんですよね。あんまりああいう人いないですもん。
清水　そうなんだ。じゃ小泉さんは？
三谷　小泉さんは、ちょっとね。パワフルすぎる。
清水　アメリカ行った時のちょっと寒い感じって覚えてる？
三谷　プレスリーのお嬢さんと元奥さんの前でモノマネしてましたよね。
清水　そう！　あの時のブッシュ大統領も寒そうに笑ってましたもんね。
三谷　「あららら、やっちゃったよ」みたいな。それに比べて福田さんはかなり、センス高いと思いますよ。
清水　そう言われてみればそうかもね。田中角栄さんもユーモアのセンスがあったよね。
三谷　そうかな。
清水　ダミ声からして面白いよ。ユーモアがあるというか親しみやすさがあるじゃない。
三谷　政治家の人って「本人は面白いとは思ってないけど周囲から見ると面白い」みたいな人が多いじゃないですか。
清水　なるほど。
三谷　でも福田さんは、自分から面白がらせようとしてるふうな感じがするんですよ。だか

清水　ら、サミットとか行って他の各首脳と並んだ時の福田さんを早く見てみたい。

三谷　何でよ？

清水　どんな顔で何を言うのか期待させる雰囲気がありますよ。ちょっとウッディ・アレンっぽいですよね。久々にちょっと僕は期待している政治家さんですね。僕ごときが言ってどうなるもんでもないですけど。

三谷　でも三谷さんみたいに、政治家を褒めるって偉いよね。この間「週刊文春」を読んでたら、外国の女性がアンケートに答えてたんですけど「日本に来て一番驚いたことは何」と質問されて「まず、自分の国のリーダー、つまり首相とかを、ボロクソに言うのにビックリする」と答えてるんです。

清水　日本の場合はマスコミもよってたかって叩きますからね。

三谷　「ほかの国は、いろいろあっても『我が国の代表者だからさ』と心の片隅には、尊敬とか愛情を示すんだけど、日本はみんながボロクソ言うのに驚いた」と。

清水　まぁ、批判するのは、悪いことではないけど。

三谷　そして日本で驚いた話パート2は、電車の中の礼儀正しさにビックリすると。「ワタシの国ではカップ麺を当たり前のようにして食べます」とかって。

清水　へえ。

三谷　この間、電車に乗りながらカップ麺を食べる人を見て驚いたんですけど、ああ、あの人もその国から来た人だったんだと全部納得できましたね。

三谷　その国では右手に切符、左手にカップ麵持って電車に乗るんですね。お湯はどこで仕入れてるんですか。
清水　わかんないけど、売店とかでカップ麵買うとお湯入れてくれるのかもよ。日本もコンビニにお湯あるじゃん。
三谷　まあ、我々も電車じゃ食べないけど、列車に乗るとお弁当を食べますからね。
清水　そうよねえ。ほかの国は電車と列車の区別がないのかもね。
三谷　でも、隣の人がハンバーガー食べてるのは嫌だな。
清水　ハンバーガーっていうか、特にポテトじゃない？
三谷　ムワッと来る感じがね。
清水　そうなんですよね。ポテトは禁止かも。ドリンクは？
三谷　ドリンクはオッケーですね。
清水　じゃ、三谷映画館はドリンクはオッケーと。
三谷　うん。ポップコーンは？　僕はオッケーですよ。
清水　私も無問題ですね。やっぱり、湯気があるものはね。
三谷　僕は、湯気っていうか、あったかいのはちょっとだめだな。
清水　じゃ、ポップコーン、炒りたてはだめってこと？
三谷　ポップコーンだけは大丈夫ですけど。
清水　ポップコーンの活け造りはいいってことね？

三谷　活け造りはいいけど、隣で踊り食いはだめですよ。周囲に迷惑がかかるので。

清水　ほっしゃん。さんっているじゃん。

三谷　鼻からうどんを出す、ほっしゃん。。

清水　彼は、私のノーメイクの時と顔が似てらっしゃるんです。いっつもあの人に会うと「あ、小学校の時の私だ」って思うのね。しかも顔だけじゃなくってどこか気が合うっていうか、ものすごい動物好きなの。

三谷　清水さんも動物好きですもんね。

清水　ほっしゃん。さんは昔、彼女とウサギを五、六匹飼ってたんだって。だけど、ウサギたちを残して彼女が出てったという話を聞いたことがあったのね。で「ほっしゃん。今は何飼ってんの？」と聞いてみたら「今はフクロウですね」だって。

三谷　フクロウ飼ってる人、増えてるのかな。

清水　林家きくおさん。林家木久蔵さんの息子さんが飼ってるのをテレビで見ましたよ。

三谷　きくおさんはもう、木久蔵さんになるんですよね。で、木久蔵さんが木久扇さんになるんですよね。でも耳で聞くと「木久蔵さんがきくおになって　きくおが木久蔵さんになった」としか聞こえない。フクロウ飼ってるのはどっちの人？

清水　息子さん。今度、木久蔵さんになる方です。

三谷　元きくおさん、フクロウ、飼うんだ。楽しいのかな。じっとしてるだけでしょう？

清水　うん。テレビカメラが入った時も、木久蔵さんちのフクロウはやっぱりじっとしてましたね。
三谷　フクロウはああ見えて肉食なんですよ。ペット用の冷凍ネズミとか売ってるんですよ。
清水　冷凍庫のほかの食材とネズミが一緒になるのは、ちょっと抵抗がありますけどね。
三谷　爬虫類の中でも、カメはかわいいですよ。たまたまなんですけど、先週ある大学病院で映画の撮影をしたらそこでカメが飼われていたんです。ずっと見てたんですけどね、かわいいですね。
清水　どういうところがかわいいの？　顔がかわいいか？
三谷　顔はかわいくない。
清水　甲羅がかわいい？
三谷　甲羅もかわいくないな。仕草ですね。手の向きとか。
清水　言っちゃ悪いけど、手がかわいくない動物はまずいないよ。ライオンだって顔を洗ってるところはかわいいぞ。
三谷　泳いでるさまが必死な感じ。
清水　絶対、嫌だ、そんなの。
三谷　そのくせ、余裕なんですよね。泳いでる時はすごく必死なのに、漂ってる時の感じが、森林浴みたいな。海水浴か……。
清水　全体的に、おじいさんくさいんだよね。
三谷　もちろんそうですよ。カメは相当長生きですからね。

清水　甲羅は、生まれつき一人一個なの？　カメはあれを背負って生まれてくんの？　それとも、「ここにしようかしら」ってことで入ってくるの？

三谷　それは、ヤドカリ方式でしょう。

清水　うん、ヤドカリの、見ちゃいけない姿あるじゃない。プライバシー。

三谷　カメが甲羅を抜け出して歩いてる姿、見たことないですね。

清水　あなたが見たことないだけで、そんなことわかんないよ。じゃ、ヤドカリは何でああいう方式なんですか？

三谷　ヤドカリは、読んで字のごとく「宿を借りてる」からですよ。でもカメはくっついてるもん。

清水　そう？　どう見たって、自由自在な感じするけどな。中身見たことないでしょう？　前に言ったかもしれないけど、スッポン食べたことある？

三谷　あのね、スッポンはカメだと思ってるかもしんないけど、だけどあれは。

清水　なんだっけ、スッポンをスッポンポンにすると。

三谷　違うんだって。あれこそ甲羅でもないし、だからスッポンは手足が引っ込まないんですよ。僕は人生で何回清水さんとスッポンの話をするんだろう……。

清水　あとほっしゃん。さんね、「コオロギいっぱい飼ってますわ」って言ってたんだけど、「いっぱいってどのくらいよ？」「うーん、五、六百匹」。

三谷　どういうことですか？

清水　ペットって普通、餌に気遣ったり死なないように飼うじゃないですか。でもコオロギはゴキブリと一緒で、繁殖力が異常に発達してるんだって。放っておくとどんどん、どんどん増えるから、「これ以上繁殖しないように」って気をつけなきゃいけないんだって。

三谷　十把《じっぱ》一絡《ひとから》げだ。

清水　その表現は全く違うと思いますけどね。

三谷　五百匹もいると名前を付けてるようなレベルじゃないんでしょう。

清水　当たり前じゃないですか。だいたい区別つきませんよ。

三谷　うるさいでしょう。

清水　うん。それを聞いたら、初めは「パタッ、パタ」だったんだけど、最近は部屋の中で「ドン、ドン」なんだって。すごくない？

三谷　コオロギの羽音がうるさいんじゃなくて？　足音なの？

清水　跳ねるんでしょう。「ドン、ドン」みたいな言い方してたから。

三谷　「せーの！」で跳ぶのかな。

清水　でも、五、六百匹が自由に跳ね回ってたらやっぱり、ちょっとした振動じゃないかなあ。

三谷　まあ、五百倍の巨大なコオロギ一匹が跳ねてると思えばね。あ、ほっしゃん。家のコオロギはもしかして、フクロウの食材なんじゃないの？　それだと辻褄《つじつま》が合う。食べ放題だもん。
清水　ほんとだ。虫、食べるかもね。
三谷　食べるよ。
清水　カメも食べそうだね。
三谷　カメは食べないよ。カメは、苔《こけ》とか食べるんですよね。
清水　じゃ甲羅の部分のカルシウム、どっから摂《と》ってんの？
三谷　苔にはあらゆる成分が入ってます。
清水　もう私を「コケ」にするのもいい加減にしてください。怒るよ。
三谷　カメだけに？
清水　コウラ！

ついでの話〈カメ〉
　カメ目の爬虫類の総称。体は背甲と腹甲で覆われ、この二つの甲は体側でつながって箱状となり、頭・尾、および四肢の出る穴がある。大半は水陸両生生活をするが、水中または陸上のみで生活する種もある。（中略）古来、万年の齢《よわい》を保つといわれ、鶴とともに吉兆を表すめでたい動物として喜ばれる。（三省堂『大辞林　第二版』より）
　俗にカメは万年と呼ばれ、長寿のシンボルとされているが、事実ガラパゴスゾウガメなどは約二百年の長寿であることが確認されているという。二〇〇八年にパルコ劇場で上演された三谷作品「グッドナイト スリイプタイト」では、リモコン式のハイテクカメが重要な役どころで登場。またカメの起用にあたっては、芸能界のカメ通・佐藤浩市氏から様々な情報を入手したという。

清水さんがいつもチャイナドレスで歩いてるというのがショックだけど。——三谷

いつも着ているわけではありません。——清水

清水　今夜の私は、今の映画界にもの申したいことがある。
三谷　はい、どうぞ。伝えときますよ。僕も映画人のはしくれですから。
清水　いろいろあるんだけどまず一つ目。この間、時間ができたもんで、これは映画を見に行こうと思い立って「ぴあ」をパラパラとめくっていたところ、時間が合ったのが「マザー・テレサ」。
三谷　はいはい。いい映画ですね。
清水　うん、「これはいいや。映画見て心も清くしようではないか」と見に行ったんですが、「閉館です」って書いてあんのね。
三谷　閉館？
清水　実は、映画館でやってるんじゃなくて美術館でやってるのね。せっかく見る気マンマンで行った私は、ものすごく恥をかいたっていうのかしら。悲しくなるんですよ。
三谷　「ぴあ」にも「閉館だよ」って書いてあったんじゃないですか？
清水　書いてなかったような気が……。だって平日行ったんですよ。フツー平日は、やって

るでしょう。
三谷　「閉館」って別にそれ、つぶれたわけじゃないんでしょう。
清水　つぶれたわけじゃないんですよ。
三谷　時間を見ればいいわけじゃないですか。
清水　ドアのところに「何時から何時まで『マザー・テレサ』。ただし閉館」って貼り紙があるんですよ。でも、一言事前に教えてくれれば、わざわざ行かなくても済んだのに。
三谷　(笑)だんだん意味がわかんなくなってきてるんですけど。どういうことですか。
清水　私が悪いですか、マツオカさん。
松岡　休館ですか？
清水　あ……休館だ。
三谷　映画館じゃないから、休館日があるってことですよ。美術館の休館日はたいてい月曜日ですよ。
清水　……まぁ、それはいいですよ。でも、それって結構落とし穴でしょ。
三谷　「ぴあ」にも書いてあるはずですよ。
清水　書いてあるのかな。
三谷　ちっちゃいけれどよく見れば、どこかに書いてある。
清水　わかった、じゃあそれはいいです。
三谷　「ぴあ」にも謝ってください。

清水　私が悪かったです。じゃその次ですよ。ある日も時間が空いたから映画に行こうと思ったのに、「ぴあ」が手元にないんですよ。
三谷　昔はよく新聞の広告見て映画に行きましたもんね。
清水　だけど、今はドコモさんのありがたいサービスのおかげで、今どこの映画館で何を上映してるかわかるんです。
三谷　あれは、ほんとに便利ですね。
清水　え？　やったことあるの？
三谷　やりましたよ。
清水　渋谷だったら渋谷で登録して、「この時間希望」っていう時にパッと出てくるので、非常によろしいんですけども。そこで何を怒ってるかっていうと、「混んでますかね」っていうことも聞きたいじゃないですか、立ち見は嫌でしょう？
三谷　そうですね。上映時間はわかってても混んでるかどうかまではわからない。
清水　だから電話しました。はい、私は何に怒ってると思う？
三谷　そこも閉館してた？
清水　違いますよ。
三谷　電話がつながらなかった？
清水　惜しい。正解はつながったんですけど、音声ガイダンスなんですよ。どこへかけても。
三谷　質問に答えてくんないんだ。

清水　そうなんですよ。「映画の中身についてお知りになりたい方は一番を、上映時間は二番を」みたいな感じで、混んでるかどうかだけ聞きたいのに、それには全然答えてくれないんですよね。

三谷　その他の方は六番とか、そういうのはないんですか。

清水　一番、二番、三番……ずっと聞いていくの？　悪いけど、せっかち人間なので、そこまで待てないんですけど。

三谷　その他にかけたら「はい、もしもし」って係の人が出るんじゃない？

清水　じゃあ、初めっから出てくれりゃいいじゃないですか。

三谷　その人だって、忙しいから。

清水　私も映画館の人も忙しいのかなって思ったんですけど、電話に出るだけですよ。「はい、何々映画館でございます。三谷の映画？　毎日ガラガラですよ」くらい、たとえばですよ。

三谷　うーん。冗談でも言ってほしくないな。

清水　でも数秒間で済む簡単なことじゃないですか。

三谷　でも、そんな人が何万人ってかけてくるかもしれないじゃないですか。

清水　かけるわけないじゃないですか。かける人が珍しいでしょう。そんなことするの昔の人でしょう。あ、自分で認めちゃった。

三谷　それで結局、映画はどうなったんですか。見なかったの？

清水　はい。そこで怒り、第三弾です。
三谷　まだあるんだ。
清水　ありますよ。とにかく、ドコモさんのおかげで渋谷のここに行けば見られるというのがわかりました。
三谷　何を見たんですか？
清水　パンクスの映画をやってたんです。ちょっと勉強のためにも、音楽映画ですし行ってみようと思い立ったんですよ。で、私が怒り果てたことは何かわかります？
三谷　映画館のモギリの方に対して腹が立ったんですか？
清水　モギリというか受付ですね。「すいません、大人一枚、お願いします」。
三谷　「はい、いらっしゃいませ。千八百円になります」
清水　はい。
三谷　「二万円ですか？　お釣り、ありませんよ」
清水　(笑) それはパンクじゃなくたって腹立つわ。
三谷　何ですか。
清水　その人は「上映してるのは『パンクス・ノット・デッド』ですが、よろしいですか」って聞いたんですよ。私、たまたまその時、チャイナ風ワンピースを着てたんですけど「そんな、何かチャラチャラした洋服の方が、パンク音楽わかるの？」って感じもするでしょう。

三谷　そういう意味じゃないでしょう、きっと。一応誰にでも確認のために聞くんですよ。
清水　違う違う、そんな感じじゃなかったもの。
三谷　たぶん、他にも映画があったんじゃないですか。シネコンみたいなとこだと間違えてしまう人もいるかもしれない。
清水　渋谷の、元のユーロスペースってわかるかな。
三谷　はい。シアターN渋谷。
清水　そうなんですよ。だから、間違えるわけはないんですけど。「そんなチャイナ服の人が見るような映画じゃないのですが大丈夫ですか？」っていう感じだったの。
三谷　じゃあ、そういうことかなあ。僕は、それより清水さんがいつもチャイナドレスで歩いてるというのがショックだけど。
清水　いつも着てるわけではありません。で、とにかく私は「よろしいですか？」って言われて、ちょっとカチンとは来たんですけど、「はい、結構です。よろしくお願いします」って言ったんですね。ところがそのあとにさらにもう一回、怒らせる出来事が。
三谷　「本当に、本当によろしいんですか？」
清水　（笑）ダメ押し？
三谷　何だろう。
清水　正解はね、最近の映画館は、何でか知らないけど、やたら順番付けて座らせようとするじゃん。

三谷　席が決まってますよね。
清水　で、その日の「パンクス・ノット・デッド」は見るからにガラガラなんですよ。お客さんは十五人もいない。みんなダラダラした感じで上映時間を待ってたのに、「まず、一番から十番のお客様」って呼ばれて。それでいちいち並ばなきゃいけないの。
三谷　入場するのに整列させられるんですか。
清水　全然、そんなの全然パンクじゃないっしょ！　しかも百人くらいの席があんのに、ガラガラで、ですよ。何で言うこと聞かなきゃいけないのかと。
三谷　以上ですね。では整理しましょう。まず、「勝手に休館するな」。
清水　イエス。
三谷　それから、「音声ガイダンス」。
清水　やめろ。
三谷　それから「パンクでよろしいですか？」って聞くな。
清水　そうさ。
三谷　あと「一番から十番までと順番に並べるな」。それを伝えればいいんですね。
清水　その四つを、婉曲に言っといてよ。
三谷　誰に？
清水　「誰に」じゃないですよ、それは自分で考えてよ。
三谷　わかりましたよ。言っときますよ、じゃあ。

清水　うん、明日までにお願いね。

ついでの話〈シアターN渋谷〉

東京都渋谷区桜丘町、旧渋谷ユーロスペース跡地にオープンした「本屋さんみたいな映画館」がコンセプトのミニシアター。雑誌・コミック・文芸書・児童書・実用書から専門書まで様々なジャンルの出版物を扱い、年代・性別を問わず、最も幅広いお客様が来店する小売店の一つであると言われている本屋さんのように、幅広い年齢層に満足いただける作品を選んで上映し、たくさんの方に出会える空間を目指しているとのこと。それもそのはず、実は日本出版販売株式会社が運営する映画館。少ない客席の中で、清水ミチコの姿を見かける確率は高い。

「八時に集まろう」って言ったら七時半に来るのが礼儀ですよ、みんな。
——三谷

新しい格言ですね。わかりました。——清水

清水　うちらのこの放送って、先にスタジオに来てた人のほうが何かちょっと偉そうだよね。偉そうだし、あとからの人が一分、一秒後でも、ちょっと焦り感があるよね。
三谷　待ってるのはいつも僕ですけどね。
清水　いつもではないですよ。私は待たせる時は、嫌な感じの汗をかきながら入ってきますよ。
三谷　それは清水さんが心に迷いというか、背中に何か大きなものを背負って来てるから。「行きたくねえ」とか、そういうのがあるんですかね。
清水　堂々と来ればいいんですよ。
三谷　じゃ、これからも遅れるよ。
清水　まあ、それで番組が面白くなるなら。今日、僕が来たのは三十分前ですよ。
三谷　そうらしいね。
清水　どなたもいらっしゃらなかったですよ。
三谷　だって、「八時」って言ったら八時に集まればいいわけですからね。

三谷　スタッフも一人もいないんですよ。
清水　私、東京に来て初めて知ったんだけど。たとえば二時に、三谷さんも私も「マツオカさん家で会いましょう」って約束したとするじゃん。ところが、三谷さんは一時半にもう、マツオカ邸のそばまで来ちゃった。
三谷　大体、そうですね。
清水　その時ってピンポン押しちゃいけないの、知ってる？
三谷　え、どういうこと？
清水　私も人に聞いてビックリしたんだけど。どの家の人も「二時にね」って言ったら二時までにいろんなことを済ませたい。特に直前までは、その家によっては「まだ掃除もしたいし」っていうのがあるかもしんないんだけど、「何か早く着いちゃって」ってピンポン押すのってちょっとしたマナー違反なんだって。
三谷　僕は東京生まれですけど、必ず、三十分前には着きますけどね。
清水　何で着くの？
三谷　家を三十分早く出るからじゃないかな。
清水　これからの人生それを逆算するといいね。
三谷　で、ピンポン押しますよ。
清水　えっ、押しちゃうの？
三谷　ピンポン押して「三十分後にまた押すね」って。

清水　そんなわけないわ。まどろっこしいわね。今の私の意見聞いて、慌てて言い方変えたんじゃないですか。
三谷　違う違う、それは失礼ですもん、やっぱり。
清水　知ってた？
三谷　お化粧してないかもしれないしね。
清水　そうなんだって。
三谷　逆の立場考えるとそうですもんね。
清水　私も若い頃はやっぱり一時半に着いたら、素直に、「早く着いちゃった」ってお邪魔してました。相手は大人だから嫌な顔されないんで、全くわかりませんでしたけど。
三谷　内心、もうはらわた煮えくりかえってますよ。
清水　今日のスタジオもそうなんですよ。スタッフにしてみれば「もう三谷が来たみたいだよ。こっちは準備してないのに」って言いたかったはず。
三谷　怒ってたのかな。
清水　「八時集合なのに七時半に着いちゃった」って時は、例えば雑誌を持ってくるとかね。そういう楽しみを持ってきたなら、まだありかもしんないですけど。
三谷　じっとしてましたよ。
清水　「俺、待ってるんだけど」ってそんな顔してそうじゃないですか。
三谷　というか、「八時に集まろう」って言ったら七時半に来るのが礼儀ですよ、みんな。

清水　新しい格言ですね。わかりました。
三谷　三十分は余裕持ちましょうよ。遅れちゃダメだよ、皆。
清水　巌流島の戦いみたいですね。
三谷　誰と誰が戦ったか知ってます？
清水　武蔵と小次郎？
三谷　よくわかりました。
清水　どっちかが策略家で、遅れたんですよね？
三谷　遅れてきたのは、武蔵。
清水　ロックコンサートでもそうだけど、遅れてきたほうが何かすごいよね。
三谷　パンク野郎ですよ。
清水　「私のほうが偉いからね」って雰囲気あるもの。
三谷　飲み会でも、わざと遅れて来るやついますもんね。
清水　武蔵って刀を二本使ったり、時間使ったりとか、結構ずるいね。
三谷　そう、彼はずるい男なんですよ。待ちあわせしといて、正面から来ないで後ろに回って、やっつけたりしてますからね。
清水　あら！
三谷　「どんな手を使っても勝たなきゃ意味がない」っていうのが彼の生き方ですから。
清水　ほんとにいた人ですよね。

三谷　実際にいた人です。
清水　私たしか、吉川英治のやつを読んだんですよ、珍しく。
三谷　すごい。
清水　お姉さんにいろいろ教わったんだよね。
三谷　それは坂本龍馬と間違えてないよね？　武蔵はお姉さんいないんじゃないかな。
清水　じゃ、誰かと間違えちゃったかな。どうして巌流島の話になったかといえば、三谷さんが行ってきたんだよね。すいません、何県でしたっけ。
三谷　山口県。下関と門司の間にあるんです。
清水　修学旅行で行ったことあります。鳴門が渦巻いてるところでしょう？
三谷　ちょっと遠いですけどね。まぁ、足をのばせば鳴門まで行くことも。
清水　嫌みな言い方。
三谷　まぁ、海はつながってますから、どこもかしこも。
清水　その巌流島ってところは、やっぱり武蔵と小次郎の戦いが一番のピークだったわけでしょ？
三谷　どういうことですか？
清水　島としての盛り上がりですよ。その後は、あまり話題にもならない静かな生活って気がする。
三谷　というか、昔も今も無人島ですからね。

清水　え？　今もそうなの？
三谷　そうですよ。巌流島が燃えたのはあの日だけですから。
清水　ふーん。じゃあ、何しに行ったの？
三谷　武蔵と小次郎は、そこで待ちあわせをしたわけですよ。
清水　違う違う、三谷さんですよ。
三谷　あ、僕が何しに行ったか。
清水　そう。その無人島にどんな用があったんですか。
三谷　たまたま近くまでロケに行ったんですよ。で、早く終わったもんですから、東京に帰る前にちょっと時間が空いたんで、行ってみようかって。
清水　やっぱ歴史ファンはちょっと行ってみたくなるんだ。
三谷　佐藤浩市さんを誘ったんですけど、断られたんで一人で行ったんです。
清水　もしかして、ずっと巌流島で佐藤さんを待ってたんじゃないでしょうね、三谷コジロウは。

ついでの話〈巌流島〉
山口県下関市にある無人島。宮本武蔵と佐々木小次郎が決闘した舞台としてあまりに有名。人は住んでいないが、番地はちゃんとある。山口県下関市彦島字船島六四八番地。
彦島と平家物語の情報サイト「日子の島」によれば、かつては浮かんだ舟のようだったために〝舟島《ふなじま》〟と呼ばれていたという。〝巌流〟というのは、この島で武蔵に破れた小次郎の号からの由来。総面積は一万七千平方メートルであったが、現在は埋め立てにより約十万平方メートルに拡張されている。

第二次大戦後、島に移住者があり、一時は三十軒に達したが、再び減少し一九七三年には無人島に戻ったという。一九八七年には、アントニオ猪木とマサ斎藤による巌流島決戦が行われた。

あくびをするってことは眠いってことじゃないですか。——三谷

ううん、酸素が足らない時にするって言うよ。疲れた時とか。——清水

清水　アンジャッシュの渡部（建）さんが、三谷さんのすごくファンだっていう話をしましたっけ？

三谷　僕も別なルートで聞いたことありますよ。テレビでもそんな話を言ってくれたみたいで。

清水　その方が今度、私たちの番組の前枠というか、この番組の前をお一人で担当するんだそうですね。前枠じゃヘンか、こっちが後番組だもんね。

三谷　僕の代わりじゃなくてね。

清水　じゃないです。なので、そちらもぜひ、皆さん聴いてみてください。

三谷　さんまさんの番組で、現代の天才とは誰か、あなたは誰を天才と思いますか、みたいな質問を百人の芸能人に聞くコーナーがあったんですって。ちょっと一位は、誰だったか覚えてないんですけど、僕に二票入ってたらしいんですよ。

清水　へえ。

三谷　誰が投票したかといえば一人は戸田恵子さんで、もう一人がアンジャッシュの渡部さん。

清水　かなりうれしいことですよね、その二票って。もっと拡大するといろんな人が思ってる、っていうことですもんね。そんな天才といっしょにこうやってしゃべらせてもらってうれしいです。

三谷　五票は入ると思ったけどな。

清水　ね、惜しかったですね。来年頑張ろう（笑）。私は、そんな天才のCMを見たんですよ。

三谷　僕のCM？

清水　うん。「JALに乗ろう」っていう。

三谷　あれじゃないですか、眠っちゃって途中から映画の世界に入っちゃうやつでしょう。

清水　そうそう。あれ見て思ったんですけど、あくびって難しいんだね。

三谷　あれは、よく覚えてますけども。JALのCMシリーズの中で一番大変だった。あくびって、芝居でできないもんですよ。

清水　自分でもやってみたんだけど、案外自然にできないもんなのね。

三谷　だって、冷静に考えると、おかしいんですよ。あのCMって飛行機の中で眠っちゃうわけですよ。それで、夢の中で「カサブランカ」みたいなね。

清水　そうハンフリー・ボガートっぽくなって出てくるんです。

三谷　という世界に入り込んじゃって、女性に向かって「早く逃げるんだ」みたいなことを言って、実はその女性が客室乗務員だったたっていうオチなんですけど。

清水　全部夢でしたって話。で、三谷さんの右手にはペンがあるんだよね。
三谷　そう、飛行機に乗って映画のシナリオを書きながら寝ちゃったんで、その映画の中に自分が入ってしまったという設定なんです。
清水　やってみてどうでした？
三谷　こうしてしゃべってると鮮明に思い出しましたけど、ディレクターの方とかなり議論になったんですよ。「これはおかしい」と。
清水　ほんとですか。いつも十倍くらいオーバーに言うじゃん。
三谷　ほんとですよ。生まれて初めてなくらい戦いましたね。「納得できない」と。
清水　どこが？
三谷　だって夢の中であくびはしないでしょう。
清水　するんじゃない？
三谷　だって眠い時にあくびするんですよ。
清水　うん、だから？
三谷　もう寝てるんだから、あくびはしないでしょう。
清水　夢の中の自分って寝てるって知らないんだから。あくびもするし、くしゃみもするんじゃないの？
三谷　でも、あくびをするってことは眠いってことじゃないですか。
清水　ううん、酸素が足らない時にするって言うよ。疲れた時とか。

三谷　まあそれもあるけど……。

清水　そんなことで監督に当たってったの？

三谷　違う、違うんだな。その時はディレクターは、「酸素が足りないからあくびしてください」って言わなかったもん。実際、僕は寝てるっていう設定なんですよ。

清水　うん。睡眠中ですよ。

三谷　夢ん中で、気持ちよく寝てる。「だから夢ん中でも気持ちよくてあくびをする」って言われたわけですよ。だから、俺はカチンと来たわけだよ。

清水　おっと。これはちょっとラジオの前の皆さんも、今頭の上にクエスチョンマークがズラーッと並んでると思いますよ。

三谷　そうですか。だって、気持ちよくてあくびをするってことは。

清水　ほら、私と小林聡美さんが見に行った、コルベールだっけ、写真展があるんですけど、あまりに気持ちよくて、あくびが絶えず出ちゃったんです。

三谷　それは退屈だったからでしょう。

清水　ううん、違うの。ほんとに気持ちよくって、からだが弛緩《しかん》して「もう酸素でも入れるか」みたいなあくびなの。

三谷　それで眠くなったでしょ？

清水　そう。すごく眠くなったんですよ。

三谷　でしょう。結局、あくびをするってことは眠くなるってことなんですよ。どっちにしても。
清水　そうかもね。
三谷　でも、その段階で僕は寝てるわけですよ。だからあくびはできないんだ、どうしても！
清水　私が監督だったら、「そんな抗議はコンテ見た時に言ってくれ」。
三谷　コンテは違ってた気がする。
清水　へえ。
三谷　あれ、違ってなかったかな。やってみてわかったのかな。
清水　あなたでも、前に何かを「俺のこの演技はほんとに難しいんだ」って言ってたことがありましたよね。「いきなり驚く」だっけなあ。
三谷　驚くのは難しいですよ。
清水　「突発的にやるのはほんと難しいんだ。例えばあらかじめわかってて、あくびしたり笑うのだったらできる」っていうようなこと言ってたよ。
三谷　あくびは突発的だもん。
清水　突発的だから難しいってこと？
三谷　難しい、難しい。
清水　あれ、突発的か？　だって、ずっとこらえて、「あ〜あ……」（あくびする）。
三谷　うまいじゃん。

清水　ありがとうございます。よかったら教えましょうか？
三谷　教えてもらって簡単にできるもんじゃないくらい難しいんです。
清水　わかりました。これがホントの「あくび至難」ですな。おあとがよろしいようで。

ついでの話〈渡部建〉
渡辺謙はハリウッド俳優。渡部建は人力舎所属のお笑いコンビ「アンジャッシュ」の一人。J－WAVE「PLATOn」（毎週月曜～木曜22：00～）でナビゲーターを担当中。
生年月日：一九七二（昭和四十七）年九月二十三日。血液型：O型。特技：社交ダンス（ラテン一級）ジャグリング。趣味：スポーツ観戦・遊園地巡り。趣味の一つ、食べ歩きが高じてブログ『わたべ歩き』がスタート。家を訪問するのが好きなのは渡辺篤史。

もし清水さんが亡くなってたら、僕がここで追悼番組をやる時に、必ず出てくるでしょう。——三谷

まず、メガネをクイクイッてこう、上下にやったりします。——清水

清水　今日は久しぶりにすっきりした顔してますね。
三谷　ようやく映画がクランクアップしまして。二カ月半、長かったですね。
清水　あれ？　そんなもん？　ワンクール、三カ月サイクルのドラマみたいな短さじゃないですか。
三谷　こう考えてください。ワンクールのドラマと同じぐらいの時間と熱意で、一本の映画撮っているんだと。
清水　世界のクロサワは一年とかかけて作ったと聞きますよ。
三谷　たしかに「七人の侍」とか、二年とか三年とかかけて撮ってたそうですけどね。
清水　え？　構想何年じゃなくて、撮影三年？　失礼しました。
三谷　まぁ、今は。
清水　そうよね、時代が違うもんね。
三谷　俳優さんも、拘束できないしね。
清水　どうでした？　撮り終わった感触は。

三谷　前にも言いましたけど、アクションシーンとか銃撃戦とか、初めてづくしだったんで何か、楽しかったですね。知らなかったことも多いし、あれ知ってます？　浜辺っていうか、海辺のシーンがあってセットで撮ったんですよ。

清水　海辺のセットね。

三谷　セットだから海はないの。でも埠頭はあるんですよ。何て言うんだろう。石原裕次郎が若い頃足をこう、乗っけたような。ああいう防波堤みたいなもの。

清水　小林旭とか足を乗っける丸い奴ね。

三谷　船をつなぎ止めるのがあったりするんですけど、その向こう側には海はないんですよ。どうやって海があるように見せるかわかります？　埠頭に佇《たたず》んでる男女がいて、海を見てるわけですよ。

清水　その二人の目が、ときどきピカッて波の光で輝くんです。鏡を使ってる。どうです？この推理。

三谷　惜しいね。ほぼあってますけど。別に目の中じゃなくてもいいんですよ。メラメラメラッてする、あれ何って呼ぶかわかりますか？

清水　さざ波じゃない？　きらめきとか。

三谷　波間に光る月の照り返しみたいなシーンを撮った時に「あれは何て言うんですか」って聞いたら「『メラメラ』って言いますね、僕ら」。

清水　（笑）すいません、爆笑してしまいました。リンダか。

三谷　リンダっていう言い方もちょっとね。どうかと思いますけど。

清水　「メラメラメラメラ」って歌ってそうじゃないですか。

三谷　で、その「メラメラ」をどうやってスタジオで表現するかといったら、アタッシュケースみたいな機材を運んでくるんですよ。ケースをバカッて開くと、中に水を入れるようになってて。そこに光を当てると中の水が反射してメラメラと。

清水　へ〜、それ用のアタッシュケースがあるんだ。ロケに持ってく時に空港の検査で驚かれそうですけどね。

三谷　「本番です」って声がかかったら、スタッフが水を手でチャパチャパチャパチャパッてやるんですよ。そこは人間がやるんですけど、手で。波立てて。

清水　メラメラのスタッフがチャパチャパですか。私がいなくてよかったです。いたらその場で爆笑しました。

三谷　「インテリアにいいな」と思ったけど、使う時ってあまりなさそうですからね。

清水　ないでしょうね、きっと。

三谷　じゃあ、これも問題出しますよ。伊吹吾郎さんがお出になってるんですけど。海に飛び込むシーンがあるんですよ。カメラは手前にあって、伊吹さんはカメラに向かってバッてジャンプして飛び降りるんですよ。そしたら水がブワッとはねて、いかにも飛び込んだように見えるんだけども、スタジオだからもちろん海はない。

清水　伊吹さんが落ちた瞬間にホースで水をピッ。

三谷　ホースだと……相当な技術がいりますよね。ブワーッてこう、はねる感じだから。それにカメラだって水浸しになる。
清水　そうか。カメラが濡れると大損ですね。
三谷　もっといい方法があるんです。たぶん、清水さんもそれを見たことがある。ある機械を使うんですけども。
清水　ラジオを聞いてる人は？
三谷　みんなたぶん、一回は見たことあると思う。でもビックリしますよ。「何でこれがここにあるんですか？」って、本来水を入れるものじゃないんですよ。「これ水入れて大丈夫なんですか？」。
清水　それは私ん家にもあるの？
三谷　家にはないと思うな。学校にもないですね。
清水　じゃ、どこで買うの？
三谷　買わない。
清水　東急ハンズにも売ってないのね？
三谷　売ってないと思いますね。でもそれを使ってるとこはたぶん、一回は見たことあると思う。
清水　頼む、降参。私せっかちだから、もう知りたくてしょうがないんです、さっきから。
三谷　コンサートでバーンッて花吹雪《はなふぶき》じゃないや、銀色のテープが飛ぶのがあるじゃないで

　　　すか。
清水　うん。爆発させるやつ。
三谷　あれ、何て言うんだっけな。「カノン」とか言うんですよね。
清水　「キャノン砲」とか言うもんね。
三谷　そう。あれに水を入れてバーンッて噴射すると、ほんとに飛び込んだように見えるんです。
清水　へえ。しかも水の粒がちょっと大きいだろうから、良さそうですね。
三谷　そうなんです。それにしても「あそこに水入れてみよう」ってよく思うよね。そうやって、映画界は工夫に工夫を重ねて進化してるんですよ。
清水　工夫っていうか、もっと意表をつく答えかと思った。あなたといると何かメラメラッとしてきますね。あ、出てくるといえば私の友達の家って出るんですよ。水じゃなくてお化けが。どうしたらいい？
三谷　写真撮ってみましょうか。
清水　そんなもん、どんどん写るから。もうみんな気持ち悪がってる。
三谷　ほんとに？
清水　で、友達にしてみれば、お化けがいるとかいないじゃなくて、もううっとうしいんだって。
三谷　「あっち行ってよ！」みたいな。

清水　そう。バタバタバタバタとか、足音がするのはもうビックリしないし、「急にテレビがついた、はい急に消えました。はいはい、カーテンから足が出てるのね。わかりました」みたいにビックリしなくなってるんだって。

三谷　すごい話だけどそれはほんとにお化けですか？

清水　テレビはどうやって？　誰かがリモコンでやってるってこと？

三谷　いたずらっ子とかね。

清水　私も初めはそう言ってたの。でも「皆さんからの意見はもう結構です。だってもういるんだから、しょうがない」みたいな感じで。

三谷　それにしてもカーテンから足が出てるのは怖いですね。

清水　気持ち悪いよね。

三谷　もう家を売るしかないですね。

清水　友達も「とにかく売る」って言ってるんだけど、「誰かいないか」って聞かれてもね。三谷さん、仕事場にどう？　寝てる間に原稿書いてくれるかもよ（笑）。

三谷　（笑）だけどそこまではっきりと出てくるんだったら、ちょっと興味ありますけどね。

清水　そんなこと、あんた、あんまり生半可に言うもんじゃないと思うよ。

三谷　ただ、うちには来ないでよ。

清水　ほらみろ。

三谷　お願いですから。

清水　話を聞く分には面白いんだけど「じゃあ、ちょっと一泊してみる?」って言うと、すごく気が重くなるでしょう。やっぱり怖いというか、怖がる自分が怖いよね。
三谷　僕は、その怖がってない人も怖いですね。
清水　その人もすごいよ、「もう頭にくるんだ、あいつらに」って真顔で怒ってるの(笑)。
三谷　煩わしいんでしょうね。
清水　たまたまこの間、「ディスカバリーチャンネル」つけたら、イギリスのほうで家に憑《つ》いてるっていうお宅を紹介する番組やってたんですよ。友達ん家と同じで、帰宅すると引き出しが全部開いてめちゃくちゃになってる。別に何か盗《と》られてるわけじゃないんだけど、やっぱりいろんなものが壊れてて。
三谷　引っ越しはしないんですか。
清水　「代々、ここに百年住んできた家族だから、ここを引き払うことはできません。今日もこうやって片付けるのです、霊との戦いです」って言って終わるんだけどさ。
三谷　彼らの目的は何なんですかね。出てってほしいの?
清水　やっぱり、誇示をなさりたいんじゃないですかね。「いますからね」っていう。
三谷　「俺はここにいるぞ」っていうこと?
清水　うん。もし私が死んで出るとするなら、やっぱり、いたずらしたくなるもん。
三谷　それはわかりますよ。もし清水さん亡くなってたら、僕がここで追悼番組をやる時に、必ず出てくるでしょう。

清水　まず、メガネをクイクイッてこう、上下にやったりします。

三谷　後ろからバッて目隠したりとかするわけでしょう。やだなあ。

清水　でもそれが見えなかったりするとすごく空《むな》しいから、物を使ったり、音を出したりするんじゃないですかね。

三谷　あと、変な音を出すとかね。確かにうっとうしいわ。

清水　音だったら「あ、振り向いた」ってのが面白いのかもね。

三谷　彼らは、僕らが怖がっているのを見て喜んでるってこと？

清水　喜んでるっていうか、「とにかく気がついて」なんじゃない？

三谷　清水さんのお友達は、もう充分に気がついてるじゃないですか。

清水　うん。だから、「今日も気がついて」なんじゃないの？

三谷　じゃあ、例えばカーテンから足が出てるとするじゃないですか、それをずっと見ててやれば、最後はその足はそっと引っ込めるのかな。

清水　そうだね。

三谷　でも、その前にみんな「キャーッ」と驚くから調子に乗るんだ。だから驚いたら、向こうの思うつぼなんですよ。驚くからいけないんですよ。

清水　でも、驚かなかったらエスカレートしてくるかも。「おい、仲間集めろ」って、どんどん出てくるのも嫌ですよ。

三谷　怖いなあ。カーテンから足がコーラスラインのようにどんどん出てくる。

清水　知らない人の家の話だと思うからそう言えるんだろうけど（笑）。私たちも足を出さないように今夜はこの辺で。

三谷　馬脚をね。

ついでの話〈キャノン砲〉

　コンサートやイベントなどで、テープや花吹雪などを勢いよく飛ばす特殊効果用マシーン。液化炭酸ガスで飛ばす仕組みで、舞台特殊効果の老舗「酸京クラウド」のホームページによれば、キャノン砲は、高圧ガスの勢いで様々な『飛ばしネタ』を空中に打ち放つという空間演出とのこと。

　酸京クラウド創立三十周年記念の新製品第二弾が、スーパーノヴァ・キャノン砲。飛散距離は約八メートル前後。価格は二十九万四千円（税込）、送料別。興味のある方はぜひ一台、お求めを。

僕の赤ちゃんの時の美談というか、エピソードは話しましたっけ。「あいうえおこうき君」の話を。——三谷

したことないけど、どうせ美談じゃなくて自慢でしょ。——清水

三谷　ロケが続いてしばらく、家を離れてたわけですよ。
清水　そうですね、九州に行ったりしたんですよね。
三谷　久々にうちに帰ってきても、映画撮ってる時は他の仕事してないですから、自分の部屋とかあんまり入らないんですよ。
清水　注意するのも変な話ですけど、あなたの家、部屋多すぎますよ。
三谷　そんなに多くもないし、広くもない。ただ僕の場合、物が増えてきちゃうからね。
清水　部屋が物で埋まっちゃうんだ。
三谷　そうなんですよ。雑誌とかすごい増えて足の踏み場もない、みたいな感じになってて。正直、自分の部屋に入るのも、億劫になってたわけですよ。
清水　うわ。でもそういう部屋って文化人っぽいね。
三谷　それで、しばらく自分の部屋に入らなかったんですけど、こないだ久々に。
清水　超怖いんだけど。
三谷　開けて入ったわけですよ。そしたら何にもなくなってて。

清水　（笑）そっちのスリラーですか。いいぞ、小林聡美。
三谷　ほとんどの物を捨てられてましたね。
清水　気持ちよくやられましたねえ。
三谷　「いずれ捨てるよ」とは言われてたんですけど。まさかほんとに捨てるとは思わなかった。大ショックですよ。
清水　（笑）お宅の場合は、出るんじゃなくて、なくなるんだ。
三谷　ないんです。悲しいことに、何がなくなったかも、もうわかんないんですね。
清水　「部屋にある」ってことで安心してるからね。
三谷　だから実質的な被害はないわけですよ。
清水　じゃ、ガラーンとしてんだ。
三谷　ガラーンとなってて。本もちゃんと本棚に並んでましたね。
清水　え、本はあるの？
三谷　本はありますよ。
清水　何がなくなったの？
三谷　それが、わかんないんですよ。何かがないのはわかるんですけど。
清水　ガラクタ？
三谷　散乱していた何かが。
清水　それは散乱してた物をきちんと整理したんじゃないの？「捨てた」とは言ってた？

三谷　うん、「捨てた」って言ってましたね。あ、フィギュアとかだ。
清水　だいたい女性は部屋を片付ける時に「ほら、こんなに広くなった」っていう快感があるんですけど、男の人はあんまりないの？
三谷　正直いえば、ちょっとうれしかったですね。「こんな広かったんだ」みたいな。
清水　イライラしてる時って、自分の部屋を掃除とか整理すると、ちょっと自分の精神状態も整理されたような感じがするんですよね。
三谷　ただ、本とかビデオとかＤＶＤもそうなんですけど、とにかく雑多に本棚に詰め込まれてるわけですよ。それが本来はきれい好きの僕としては、ちょっと。
清水　何わがままなこと言ってんの、と言いたいですよ。
三谷　もし並べるんだったらあいうえお順に並べたいわけですよ。
清水　それ絶対、奥さんには言わないほうがいいと思いますよ。
三谷　ちょっと納得いかないんだよな。
清水　そういえば南伸坊さんが昔エッセイで、本を整理する時の話を書いてらしたけど、はじめはジャンルとか作家で並べといたんだって。すると意外とそれがうまくいかなくって、もう思い切って、かたちとか長さとか高さで並べたらすごく自分の頭の中が整理されて「あの本、あ、ここだ」っていうのがなぜかスッと出てくるらしいよ。
三谷　確かに、あいうえお順で並べると、本の大きさって一定じゃないから、すごいデコボコしちゃうんですよね。

清水　それもそうかもね。あいうえお順って、意外と不便っちゃ不便かもね。
三谷　いや、あいうえおは便利ですけどね。僕は、ほんとに五十音順が大好きで。
清水　そんな人がいるなんて、初めて聞きました。
三谷　いまだに覚えているんですけど、子どもの時に『国民百科事典』というのがバーッて部屋にあったわけですよ。
清水　（笑）国民って。あなたいくつなのよ。
三谷　すごい分厚いやつで、第一巻目が「ア」から「カォ」なんですよ。索引が「かお」までなんですよ。だから僕はその第一巻のことを「あかお」って呼んでたんです。
清水　え〜〜、百科事典を飾っておくだけじゃなくて手に取ってたんだ。
三谷　うん。読んでましたね。
清水　すごい、神童。
三谷　たとえば「チ」で始まる巻は「ニッ」まであって。「ちーにん君」って僕は呼んでたんですけど。「ちーにん」の次は「ぬーほろ」。「ほんーわん」って今も覚えてるぐらい、馴染《なじ》みが。
清水　なんだか歴代の中国の首相みたいな感じじゃないですか。
三谷　「何で『ちーにん』なんだろう」とかって思っているうちに、あいうえおが好きになった。
清水　へ〜。教育って、やっぱりちっちゃい頃からだね。自分から好きになったんだから教

三谷　育でもないか。私たちはそうやって、辞書を引く時は、あいうえお順で調べるじゃないですか。だけどたとえば「ジウブジャジョリ」なんて英語の言葉を調べようとする時って、すごく難しいじゃない。

清水　まあ、「ジウブジャジョボリ」だったら「ジウ・ブジャ・ジョ・ボリ」と引きますけどね。

三谷　でも、英語って〝bah〟で「バー」って読んだり、〝baa〟で「バー」って読んだりとかするじゃない。

清水　そうか、英語の辞典でアルファベットで調べる時？　確かにスペルがわかんない時はどうするんだろう。

三谷　不思議でしょう。昔ね「ビックリハウス」の素朴な疑問コーナーでやってたんですよ。これ知っとくと便利かもね。

清水　教えてください、ぜひ。

三谷　清水様（笑）。

清水　清水様、どうかお願いします。

三谷　と言われると正解を出しづらくなるけど、やっぱり適当なんですって。

清水　どういうことですか。

三谷　〝baa〟じゃないのか、じゃあ〝bah〟かなっつって、やっぱカンで見るしかないんだって。不便だね。

三谷　日本語は耳で聞くのと一緒だから引きやすいけど、確かに英語は難しいですよね。
清水　そうなんですよね。
三谷　フランス語もね。
清水　うん。日本語ってそういうところはうまいことできてますね。
三谷　すごい、わかりやすいですね。
清水　うん。私もそれを知った時はちょっと感心しましたね。
三谷　僕の赤ちゃんの時の美談というか、エピソードは話しましたっけ。「あいうえおこうき君」の話を。
清水　したことないけど、どうせ美談じゃなくて自慢でしょ。
三谷　母が「あい」って言ったら僕が「うえお」って言ったっていう話ですよ。
清水　(笑)
三谷　これは美談でしょう。
清水　だいたい、「山」って言ったら「川」と言ったなら驚きますけど「あいうえお」なら普通じゃないですか。
三谷　でも、あいうえお順も知らない頃ですよ。
清水　ドレミの音階を知らないのに、何となくわかって弾けるようなもんなのかな。
三谷　ラジオをお聞きの皆さんも、ぜひお子さんに試してみてください。「まみ」っていったら「むめも」というかもしれない。

清水　「まみ」と言ったら「山瀬です」とモノマネしたら驚きますけど。
三谷　それは素晴らしいな。とにかく情操教育が大切ですからね。
清水　言いたいことはそれだけですか？　「わをん」について何か言いたいことないんですか？
三谷　わ行は「わ・ゐ・ゑ・を」ですよ。
清水　もっと、いろいろあってもいいのにね。イェイ〜〜とかさ。
三谷　確かにそうなんですよね。子どもの時に五十音に当てはまらない言葉を思いついたことがあって。
清水　出た！　五十音博士（笑）。
三谷　「どこに入るんだ」っていうの、ありましたもんね。
清水　「ね」って言われても私、一切ないですよ。
三谷　「グェ」っていうやつ。「あれ、どうやって書けばいいんだ」っていう。
清水　じゃ、これは？　「ンゴ」。
三谷　それは「ンポ」でしょう。
清水　全然、違いますよ。「ンヘ」。
三谷　それは「ンネ」。
清水　どっちかって言うと「ケ」に点々、ですけどね。
三谷　「ケ」に点々は「ゲ」じゃないですか。じゃ逆に、「カ」に丸つけて言ってみて。

清水　そんなの簡単ですよ、「ンガ」。
三谷　全然違うでしょう。でもこれは文字にできないから本になった時に非常にわかりづらいと思いますけど。
清水　(笑) 表現できないのをするのが五十音博士でしょ。三谷君、あなたは金田一にはなれない。銀田一止まりだね。
三谷　なれるなら銀でもいいですよ。
清水　それにしても、「金田一」ってすごい立派な名前じゃない？
三谷　何でですか？
清水　日本語に関わってきた一家の名前が「金で一」なんですよ。
三谷　じゃ、石鍋シェフは？
清水　石の鍋が裕《ゆたか》そうですね。名は体を表すというのはこういうことを言うんだね。
三谷　逆の場合もありますよ。お医者さんの名前が「藪《やぶ》」さんとか。レストランの名前が「紫陽花亭《あじさいてい》」だったりとか。
清水　あなたの「最低」のトークはこのへんで。おやすみなさい。

ついでの話〈国民百科事典〉
　平凡社から発行された百科事典。一九六一（昭和三十六）年二月一日に初版が発行された時は全七巻。その後一九六六年に索引巻が追加された改訂版が発行された。三谷幸喜少年が、飽きもせず見つめていた索引は……
一巻は…アーカォ
二巻は…カヵーケン
三巻は…コーシュ
四巻は…ショータン
五巻は…チーニン
六巻は…ヌーホロ
七巻は…ホンーワン

かつては、どこの家にも一家に一セット百科事典が並べられていたが、電子辞書の普及とともに、売り上げが減少しているという。そんな時代背景の中、数々の百科事典を世に送り出してきた平凡社が「史上最強と銘打てる百科」を合言葉に「世界大百科事典二〇〇七年改訂新版」を発売した。全三十四巻で執筆者は約七千名。どこに何が載ってるかを調べる索引項目だけでも約四十二万項目もある。全部合わせると約六十三キロの重さ。お値段も揃定価二十八万三千五百円（税込）とビッグサイズである。これを三谷幸喜が購入したかどうかは不明である。

「うれしいよ、うれしいよ」って言ったあとで「お願いだから名前を教えてほしい」って言われて。——清水

ファンだと言いながら実は、あんまり興味なかった。——三谷

三谷　こないだ自分の部屋が片付けられていた話をしたじゃないですか。

清水　しましたね。

三谷　実はあれからまた、ビックリする事件があったんです。

清水　さらに片付いてた？

三谷　うちは猫がいるじゃないですか。散らかってる部屋に猫が入ってくると、もう大変なことになるんで、部屋に入ったらすぐに扉を閉めるクセがついてるんですよ。

清水　わかります、わかります。

三谷　その日も部屋に入った時に習慣でバッとドア閉めて、仕事して部屋を出ようとしたらノブがないんですよ。

清水　ノブってドアの？

三谷　思い出したんですけど、もう二年ぐらい前から、ノブが壊れていたんですよね。

清水　ええ？　どうやって出んの？

三谷　普段はいちいちノブをはめて出入りしてたんですけど、その時はお掃除の女性が、ノブ外したまんまどっかへ置いて帰っちゃったんですよ。

清水　どうする？　そこで幽霊出たら。

三谷　幽霊出ても大変なことになりますけど。あの時はむしろ出てほしいぐらいだった。だって出られないんですよ、部屋から。ショックでしたね。

清水　奥さんを呼べばいいのに。

三谷　悪いことにその日は仕事でいなくて、僕一人だったんです。ノブ一つないだけで、こんなに大変かって。

清水　どうしたの？

三谷　どうしようもないですよ。ノブのところはもう金属片が出てるわけですよ。

清水　わかる、骨格みたいなのがね。

三谷　三角の骨みたいなガシャガシャしたものが何か見えるんですよ。それを指で触って開けようと思うんだけど、とても硬くて開かないわけですよ。

清水　そうでしょうね。携帯あればね。

三谷　そうなんです。携帯持ってれば誰かに来てもらって開けてもらうっていうのもあるんですけど、家にいるわけだから携帯もポケットに入ってないわけですよ。

清水　夏のすっごい暑い日だったら面白かったね。最悪ですよね。

三谷　真夏の暑い日ですよ。

清水　（笑）すいませんでした。でもクーラーついてる部屋でよかったね。

三谷　リモコンを探したけどそれもないわけですよ。

清水　マジで？

三谷　うん。最近のエアコンってリモコンないとどうやってつけるんだろう。だって本体にはボタンが何もないんですよ。

清水　あれはほんとに。私もよくリモコンなくすから、いつも汗だくで探してる。

三谷　でも、ノブはなくなったことないでしょう。

清水　ないね。

三谷　もうほんと、八方ふさがりですよ。このまま妻が帰ってくるのを待たなきゃいけないか。

清水　暑いしね。

三谷　暑いしドアの向こうでは犬とか猫たちがわいわい騒いでるわけですよ。

清水　そう言えば前回お会いした時に「五キロ痩せたんだ、俺」って言ってましたね。それもあったのかしら。

三谷　(笑)それは関係ないです。

清水　で、どうしたんですか？　日本のミスター・ビーン、三谷・アトキンソンさんは。

三谷　シャーペンを持ってたんですよ。シャーペンを突っ込んでクァーッてやって、力任せで力点見つけて、キュッとやって、スッとやって、爪ではさんでキュッと引っ張って。

清水　面白いほど説明下手。

三谷　説明は難しいけど、結果的には開きました。
清水　（笑）その間、何分ぐらい？　十分ぐらいでもパニックよね。
三谷　いや、もっとですね。だから何が驚いたかって、普段僕らはどれだけノブに助けられてたか、っていうことですね。
清水　ノブっつってても長いやつ？　それともしゃれた、あの丸いやつですか。
三谷　回すやつですね。
清水　回すやつは、意外と取れるんですよね。うちの実家の喫茶店もそういうケースありましたよ。なるほどね。
三谷　お化けがいてくれたらな。「君、向こうから開けてくれ」って言えたのに。
清水　お化け出たって部屋に二人っきりになるわけでしょう？
三谷　お化けだったらドアの向こうに一回出れるわけでしょう、きっと。
清水　言っとくけど、あなたの召使いとして現れてるわけじゃないからね。
三谷　みなさん、ドアのノブには充分に気をつけてくださいね。
清水　あなたがノブと格闘してる頃、私は仕事で沖縄に行ってきたんですよ。所さんがおすすめになってた、公設市場っていうところに行ったんですよ。
三谷　野菜とか売ってる市場ですか？
清水　野菜も売ってるし、お肉も魚もいろいろ売ってる市場なんですけど、一階が市場で二階には大衆的な食堂があるんですよ。で、所さんがすすめてくださったお店に入ったんですよ。

三谷　おいしかったですか？

清水　料理もおいしかったんですけど、そこのおばちゃんが面白かったですね。沖縄の人って、割とのんびりしてて朗らかな女性が多いんですよ、逞《たくま》しいっていうか。そこのおばちゃんも、私を見るなり「あれぇ、私ね、あなたのことが大好きなの」って言ってきて。

三谷　ありがたいですね。

清水　うん。すごい喜んでくれて。私もちょっとうれしくなっちゃって、「だけど私今、カメラ持ってなくって、携帯電話しかない。携帯で写真撮っちゃ失礼よね」みたいに言われたから「大丈夫ですよ」って言って写真撮ってもらったわけ。

三谷　清水さんと記念撮影をしたんですか？

清水　そう。それで「うれしいよ、うれしいよ」って言ったあとで「お願いだから、名前を教えてほしい」って言われて（笑）。あまりにも言い方が同じトーンだったから笑ってしまいましたね。

三谷　ファンだと言いながら実は、あんまり興味なかった。

清水　そうなんですよ。しかもそういう時って、意外と自分の名前を名乗りにくいもんだなと思いました。

三谷　確かに「名前教えてくれ」って言われて答えるのは恥ずかしいかもしれない。

清水　「恥ずかしくて、『山田邦子』って言っちゃったよ」とか、そういう人の気持ちがちょっとわかりましたね。

三谷　で、名乗ったんですか？

清水　一応ね。ちっちゃい声で「清水ミチコです」。そしたら「あ、清水さんだ」って思い出してました（笑）。

三谷　そう言えば、僕ラジオ聞いてていつも思うんですけど。ラジオの時ってどのタイミングで名乗ればいいんですか。

清水　番組の最初に言ってんじゃん。「こんばんは、清水ミチコです」。

三谷　いや、たとえばゲストが出てるやつを聞いてる時に「この人誰だっけなあ？」ってずっと思ってて、最後までわかんない時あるじゃないですか。

清水　それでか。私、ＡＭの番組もやってるじゃないですか。そこで時々ゲストが来ると、「というわけで今回のゲスト、何々さんでお送りしています」とか「コマーシャルの後で何々さんの話、まだまだ続きます」って言うんだけど、「またこの人の名前言わなきゃいけないの？」って思ってて。やっぱりそうやって名前を何回も言わないと、途中で聞いた人はわからないんだろうね。

三谷　わかんないですよ。声だけ聞くと全然イメージが違ったりするんですよね。

清水　私は声を聞いて誰の声かを当てるの、ものすごい得意なんですけど。このコマーシャルの声誰がやってるのか知りたい」とか、そういう疑問が湧いたら、すぐに私に電話

三谷　　くださいｏ
三谷　すぐにわかります？
清水　すぐ、〇・五秒でわかりますね。誰かいないんですか？
三谷　急に言われても、あんまりそういうふうに思ったことないもんな。
清水　そこは大人なんだから、「じゃあ、この次までに考えておきます」でいいじゃないですか。
三谷　僕は沖縄の市場のおばさんとは違って、思ったことしか言いたくない。
清水　あなたをこのスタジオに残したまま、ノブを抜きたくなってきた。

ついでの話〈牧志公設市場〉

清水ミチコが訪ねた市場は、戦後の闇市から発展し、アジア的な雰囲気があふれる沖縄最大の市場。住所は沖縄県那覇市松尾二‐十‐一。ゆいレール牧志駅より国際通り経由徒歩十分。闇市時代から、トタン屋根を継ぎ足すようにして独自に発展してきた沖縄の台所であり、観光名所である。現在は二階建てで約四百もの店舗が入居。琉球料理に欠かせない豚肉や豚足、豚の顔の皮や、牛肉、ヤギ肉、鮮魚にシマ豆腐などが売られ、二階は食堂街となっている。一階で買った食材を料理してくれる店もあり、観光客にも人気。沖縄好きの芸能人の姿を見かけることがある。

散歩してビックリしたのは、猫と一緒にいると「こんなに人に話しかけられるものですか」と思った。——清水

それは、みんな虐待してると思ったからじゃないですか。——三谷

清水　うちの猫がですね、しょっちゅう、外に出たがるんですよね。あまりに出たがるし、ときどき脱走もし始めるようになったんです。

三谷　待って、清水さん家は家猫なんでしたっけ。じゃあ、だめですよ、出したら。

清水　ホワイ？

三谷　帰ってこなくなるよ。

清水　でも、猫専門の本読んでたら、「猫は結局は半径五十メーターから外には出ないような生き物だ」って書いてあった。

三谷　ほんとに？　でも車が来たりして危ないですから。

清水　そう。だからこれまで出さなかったんですけど。あんまり出たがるから、「よっしゃ」と思って犬のリードつけて出かけたんです。

三谷　首輪つけて？

清水　うん、首にもつけたし、猫ってすばしっこいから、からだにもつけて一応二重にしてから、お散歩にね。恥ずかしかったですけど。

三谷　虐待ですね、ある意味。
清水　まあ、私が引きずればそうなんですけど、「この子が行きたいところに私がついて行けばいい」と思って私がついていったんです。そしたら駐車場のところ、コンクリートのところでものすごく背中を擦《こす》ってたんですけど、あれは何？
三谷　別に面白い答えじゃなければ、いくらでも出てきますけど。
清水　全然、全然。真面目がいいんです。まともな答えが知りたいんです。
三谷　まあ、かゆかったんじゃないですか。
清水　だってあの人たち、しょっちゅうかいたりとか舐めたりとか。
三谷　たぶんそれは背中にいっぱい虫がいるんだと思うんですけども。
清水　何てこと言うんですか。
三谷　うちが三番目の猫を拾ってきた時に、まず何をしたかって言うと、医者に連れてって精密検査ですよ。ばい菌を持ってないかとか、虫がいないかっていう。
清水　他の二匹にうつっちゃうからね。
三谷　うん。全部調べて「大丈夫です」となったところで初めてうちに連れて帰りましたから。猫って何がいるかわかんないですよ。
清水　うーん。じゃあ、ちょっと怖い話を聞いたんですけど知ってる？　謎の女医師が捨てられた子猫を集めて連れて帰るって話。
三谷　飼うんですか？

清水　違うの。これ以上捨て猫が増えないようにって手術しちゃうんだっていう、都市伝説なんですよ。怖くないですか？　夜中に「はい、マタタビだよ」ってやってチャラチャラッと猫をおびき寄せて手術をしちゃうんですよ。それってホントかな？

三谷　（笑）僕ではありません。たぶん妻でもない。

清水　ほんとに猫を思ってる人が、そういうことしてるっていう噂を聞いたことあるんですけど。

三谷　まあ立派な人ですけどね。だから清水さんちもちょっと猫が出かけてる間にそういう目に遭わないとも限らないわけです。

清水　絶対嫌です。「手術済みです」って書いておく。

三谷　わからない。また更に手術されるかもしんないしね。

清水　そんなに言われるんだったら、もう絶対外連れ出すのやめますよ。

三谷　お願いしますよ、ほんとに。都会では家猫は出さないほうがいいんですって。

清水　お宅は、何か猫で困ってるようなことはないですか？

三谷　猫はないですけど、うちの犬が、もうすぐ八歳になるわけですよ。人間で言ったら四十八歳ですよ。

清水　もうそんなになるんだ。年上じゃん。

三谷　そう、体感年齢では自分を超えたわけですよ。それが何かすごいショックでね。

清水　へえ。そうか、ペットは自分より上になるんだ。

三谷　いずれはね。清水さん家の猫は今いくつですか。
清水　まだ一年半ぐらい。
三谷　最初の一年で二十歳になるんですよね。あとは四歳ずつっていうから。まだ二十二ぐらいの遊び盛りの時ですよ。人生で一番遊んでる頃。
清水　そんな悪い子じゃないですけどね。
三谷　きっと知らないだけだと思うよ。
清水　散歩してビックリしたのは、猫と一緒にいると「こんなに人に話しかけられるものですか」と思った。
三谷　それは、みんな虐待してると思ったからじゃないですか。「かわいそうにねえ」。
清水　「大丈夫？」みたいな感じではなかったですよ。
三谷　「早く逃げなさい、早く！」
清水　逃げなさいといえば、沢尻エリカさん。三谷さん、今度の映画の印象は？
三谷　「特にないです」
清水　特にないってことは、どのシーンも印象的だったということですね。クッキーみたいなものを、皆さんに焼いて行かれたと。それはどういう思いがあってのことだったんですか。
三谷　「別に……」
清水　もう遅いですかね。このネタ。

三谷　確かに、今更やるのは恥ずかしいものがありますね。

清水　沢尻エリカさんの舞台挨拶時の態度だったんですけど。

三谷　清水さんは彼女についてどう思いますか。

清水　まず目が点になりましたよね、あのコスチュームに。なぜにターザンのような。

三谷　ひょっとしたら『みんなあの服で行こう』って約束してたのに、あたしだけじゃんってことになって、それであんな態度になったのかも。

清水　うん、それなら私だって絶対怒るよ。エリカちゃん、全然悪くないよ（笑）。「ほんとに着てる！　ほんとに着てる！」（笑）。

三谷　だとしたら行定監督もよくないな。

清水　そんなわけないでしょう。私はね、上はマリリン・モンローみたいな金髪だったじゃないですか。で首から下があのファッションだったから、全体のバランスがちょっとうまくいかないっていうイライラだったと思うんですけど。

三谷　そういうことなのかなあ。

清水　あとは「もう映画のこと何度も聞かれすぎて飽きた」。「映画見てくださいよ、もう疲れた」っていうのがあったんじゃないですか。

三谷　じゃ、そのあとワイドショーの独占インタビューどう思いました？

清水　ずっとエリカちゃんが黙っていて「そして十分後」っていうテロップがあったんですけど、「十分黙ってるのもすごいな」と思った。

三谷　ほんとに十分黙ってたのかな。ほんとは四十秒ぐらいだったのが、十分ぐらいに感じたとかじゃなくて？
清水　テレビ側が悪く言ったとか？
三谷　十分黙ってるって大変なことですよ。
清水　大変なんですよ。
三谷　どんなに黙ってても、四分ぐらいでため息とか、何か音が出るもん。
清水　それが、やっぱり凡人と違うところなんじゃないですかね。
三谷　「十分黙ってんだったら、もっと黙ってろ」って気もしますしね。
清水　何てこと言うんですか。
三谷　僕は言っときますけど、沢尻派ですからね。
清水　そういう人多いんですよね。芸能人って、どの人もいい人ばっかりでしょう。わがまま人ってあんまりいないじゃないですか。それで「やっと来た！」というのがあったのに、日本中が謝れ！　ってバッシングしちゃって。
三谷　でも、彼女のコメントが発表されたじゃないですか。「諸悪の根源は私にあります」みたいな。テレビ見てるとコメンテーターたちが「これは本人の言葉じゃないだろう」とかって言ってる。
清水　うん、ちょっと客観的すぎる感じがするもの。
三谷　いや、絶対本人だと思うんですよ。だって「諸悪の根源」っていう使い方がちょっと、変だもん。

清水　ちょっと待ってください。「変だから本人だ」っておかしいじゃないですか。

三谷　彼女なりに一生懸命考えて、選んだ言葉だと思うんですよ。だってどう考えても「諸悪の根源」は彼女じゃないもん。

清水　「諸悪の根源」って言葉は普通使わないよね。

三谷　そこまで思い詰めちゃったんじゃないですか。うちの水道が破れて水浸しになった事件も含めて「私のせいだ」って言うようなもんだもんね。

清水　地球温暖化も私のせいね。

三谷　言葉として妙だからこそ、逆にリアリティを感じたんです。僕は、ほんとにコメンテーターをやりたいと思いましたよ。彼女を守るために言いたいことがいっぱいあったもん。

清水　まぁ、三谷さんに弁護されても物足りないというか、逆に足を引っ張られそうですけど。

三谷　そんなことありませんよ。

清水　じゃ、三谷映画の次回作、よろしく頼みますよ。

三谷　もちろん。ずっと使い続けてもいいぐらいです。

清水　大丈夫ですね。放送でも流れますし、きっと本にも載りますよ。

三谷　大好きですよ、沢尻さん。

清水　どのあたりが？
三谷　実は、動く沢尻さんを見たのは、あの会見が初めてだったんですよ。
清水　初めて見たのに、映画に使うなんて、そんな軽い気持ちで監督をしているんですか。
三谷　一目で、そのくらい好きになったんです。
清水　だいたい「使ってやる、ずっと使ってやる」って言うのが不遜《ふそん》ですよ。
三谷　はい。それはちょっと言いすぎだったですね。
清水　言いすぎですよね。それちょっと謝っときましょう。
三谷　「使ってください」
清水　(笑)「出てください」ですよ。
三谷　「ぜひ、出てください」
清水　あんたは出てってください。
三谷　失礼しました。

ついでの話〈沢尻エリカ〉
　スターダストプロモーション所属の女優。同じ事務所の山口もえいわく「スターダストプロモーションにはスター部門とダスト部門があって、私とか野々村真さんはダスト部門」とのことであるが、彼女の場合はもちろんスター部門である。一九八六年四月八日東京生まれのおひつじ座。フランス人の母を持つハーフで、三人兄妹の末っ子である。二〇〇一年、ヤングジャンプ制服コレクション準グランプリを獲得。翌年、フジテレビビジュアルクイーンオブ・ザ・イヤー二〇〇二に選ばれ、二〇〇三年にTBS系「ホットマン」で連ドラ初出演。二〇〇五年に公開映画「パッチギ！」で演じたリ・キョンジャ役が高く評価され一躍人気女優となった。その後もドラマ「1リットルの涙」などに出演したが転機となったのが映画「クローズド・ノート」の舞台挨拶での「別に……」発言。あまりに大きな波紋を投げかけたが、その後は本人の口はクローズドのままである。だが、二〇〇九年一月、メディアクリエーター高城剛氏と結婚。

書いてるほうも苦しいかもしれないけど、原稿を待ってる役者も大変よね。——清水

うん。「とりあえず稽古しててよ」って言っても、原稿がないから何もできないんですからね。——三谷

清水　三谷さん。
三谷　はい、何でしょうか。
清水　遅刻しておいて何もなかったみたいな感じですけども。
三谷　初めてですね、僕が遅れて来たのは。
清水　そんなことはないですけどね。でもそれに近いぐらい、ないか。
三谷　ないです。僕は普段から何かに遅刻するってこと、まずないですからね。
清水　なるほど。
三谷　今日はだから、「遅刻しても来てもらえてよかった」ぐらいに思っていてほしいですけどね。
清水　すいません、遅刻しても来てもらえてよかったです。ぜひわけを教えてください。
三谷　何がですか。
清水　昔、高田文夫さんが生放送に遅刻してきたのに、全く謝らないから、思い切って「ど

三谷　うしました、そんなに遅れて来て」って聞いたら、「エレベーターがすごく混んでた」って言われたことありますけど、そのぐらいのコメントを聞きたいんですけど。
清水　実は今、舞台の稽古をしていまして……あのオンエア上は――。
三谷　もうとっくに本番を迎えてるわけなんですけど。
清水　はい、ややこしいんですけど、それを収録している今は、稽古の真っ最中なんです。「恐れを知らぬ川上音二郎一座」という。新作舞台ですよ。
三谷　本は書き上がったんですか？
清水　実は昨日、脱稿したんですよ。
三谷　しかもそのネクタイがすごく、私をイラッとさせるじゃないですか。
清水　これは、おしゃれネクタイですよ。何がいけないの？
三谷　何で私の腹の立つツボをよく知ってるの？　これをしたら怒るって。
清水　ラジオを聞いてる人にはどんなネクタイかわからないですよ。
三谷　まず、紺色なんですよ。遠目に見たら普通に見えるけど、ようく見ると、ちょっとサテンみたいな感じで。
清水　ちょっとおしゃれな高級感が漂ってますよね。
三谷　そして模様がついてる。
清水　これ、何の模様かわかります？
三谷　カバですよね。

三谷　ムーミンですよ。可愛いムーミンがいっぱいいるんですよ。飛んでるムーミンもいれば、ミイもいますよ。ほらここに、ムーミンパパもいますし。
清水　わあい、うれしいな（笑）。
三谷　うちの妻のコメントですけど。「四十過ぎてムーミンのネクタイが――」。
清水　あなたね、弱った時に妻出すのやめてくれる？　私だって言いにくいんだから。
三谷　何がですか。「ムーミンネクタイが似合う四十六の男はそうはいない」と。
清水　たしかに、似合います。
三谷　「あなたがしないで誰がする」と。
清水　たしかに似合うんですけど。やっぱり、遅刻した時は何というか、不謹慎なものが走るし、小林さんもまさか、遅刻した時のネクタイとは想定なさってないと思うんですよ。
三谷　いいことおっしゃいました。昨日僕が最後の本を書いて持ってった時は、どういう状態だったかというと、やっぱりさすがにこれだけみんなに迷惑をかけていながら、ムーミンのネクタイをして行くわけにはいかないじゃないですか。
清水　そうでしょ。
三谷　だから昨日まではノーネクタイでした。そして、この二週間ヒゲも剃《そ》らなかったんですよ。
清水　焦燥感を出すために？

三谷　こんなに伸びることないんじゃないかっていうぐらい伸びて、髪も「これだけ俺も頑張ってんだから、お前らも頑張れ」みたいなオーラを出しつつ、稽古場に通ったんですけど。

清水　(笑) そうなの。

三谷　原稿も書き終えたし、やっぱり清水さんの前であんまりやつれた姿見せたくなかったし。

清水　あなたも井上ひさしさんも、何だかんだ言ってよく書けますね。えらいもんですね。

三谷　まあ、「井上先生とは一緒にしないでくれ」って言うと井上先生に申し訳ないんですけど。井上先生は遅れてもしょうがないとは思うんです。いや、遅れちゃいけないんだけど、やっぱり遅れた分いい本書かれますから。

清水　へえ。

三谷　僕が言うことじゃないですけど。やっぱりすごい作品ですよ。でも僕みたいなものを書く人間は遅れちゃいけないんです。

清水　僕みたいなとは？

三谷　あんまり世の中の人々を感動させるとか、生き方変えるみたいな作品を書く人間ではないですから。エンターテイメント系じゃないですか。そういう本を書いてる人間が初日を遅らせるのは良くない気がするんですよ。

清水　お、謝らない割にはへりくだってるねえ。

三谷　あと、みなさん誤解されているけど、僕は、一回しかないですからね。初日が遅れたことは。十年ぐらい前にほんとに一回だけ、初日をずらすっていう不祥事を起こしてしまって。
清水　初日ずらすって、勇気だね。
三谷　いや、ちょっときつかったですね。新聞とかにも載るし。俳優さんは降りちゃうし。
清水　「待ってました」とばかりに書きそうね。三谷バッシング。
三谷　あれは、人生の中で「思い出したくない思い出」のベスト3の一つなんですけど。
清水　すいません、思い出させた私が悪かったです。
三谷　でもそれを反省して「もう一回あったら僕は筆を折ります」っていうふうに言って、十年ぐらい経つんですけども。それ以来ないんですよ。
清水　みなさん、聞きましたか？　もう一回やったら筆を折るそうですよ。
三谷　それくらい、自分を追い詰めて書いてるということですよ。ただ今回は本がかなり遅れまして、去年から書いてたんですけど。なかなか思うようにいかず、一カ月前に稽古が始まったんですけども、本は半分弱だったですね。
清水　手探りで稽古してたんだ。
三谷　それで稽古をやりつつ本も書き、みたいな感じで少しずつ前に進んでいったんですけど、ラスト十五枚ぐらいのところで止まってしまって。書き上がったのが昨日ですよ。
清水　今だからラスト十五枚って言えるけど、初めから「あと十五枚」ってわかってるわけ

三谷　じゃ、当然ないよね。

清水　いや、ほぼわかってますよ。全部で二時間半のお芝居だとして、ずっと計算して、二時間十分ぐらいはできあがった。稽古しながらもだいたいその時間になるわけですよ。あとまとめなんですけども、まとめ、長くても十五分ぐらいだろうと。

三谷　書いてるほうも苦しいかもしれないけど、原稿を待ってる役者も大変よね。

清水　うん。「とりあえず稽古しててよ」って言っても、原稿がないから何もできないですからね。あの人たちは。彼らは。役者って弱い生きものですね。

三谷　原稿遅くなってそんなことまで言って、失礼ですよ。いっそエンディングを書かないっていうのはどう？　話題になるんじゃない？

清水　それはそれで面白いんですけど。

三谷　しかも、案外役者の間から知恵が出るかもね。

清水　無理じゃないかなあ。それは作家を馬鹿にしてますよ。

三谷　だって、作家が急逝したってこともあるでしょう。昨日の今日になって。

清水　急死？

三谷　うん。もしも、私が常盤貴子さんだったら、「ちょっとみんな集まってよ」と。それで「どうしよう」ってことを相談しながら最後までやりますね。あと十五分ってことでしょう。

清水　そんなもんじゃないんだよなあ。現実にはもう書き終わってるわけですから。

清水　じゃあ、最後の十五分はどうなったの？
三谷　もう、涙、涙ですよ。
清水　泣くの？
三谷　もう、感動の十五分。「さすが、作家の書いた結末は違う」と。役者たちも「俺たちで考えなくてよかったな」ってきっと思ってくれるはず。
清水　またずいぶんチャチなセリフです。
三谷　ただ、ちょっと申し訳ないのは、遅れた分、俳優さんが稽古する時間が短くなっちゃって、恥をかくとしたら俳優さんなのがね。
清水　そこなんですよね。チームワークだもんね。
三谷　そう思うと、本が遅れるのはほんとに良くない。
清水　しかも作家って、何か俳優から文句言いにくいじゃん。
三谷　文句なんか言わせないですよ。
清水　作家から俳優にはしょっちゅう言ってんのに、俳優はただイライラするしかないんだよね。
三谷　漏れ聞いた話では、僕は稽古が終わって家に帰って原稿の続きを書くじゃないですか。俳優たちは飲みに行くらしいんですよ。
清水　それはもう、ボロクソでしょ。
三谷　「このあとどうなっちゃうんだろう」、「大丈夫だろうか」みたいなふうになった時に、小林隆という、劇団やってた頃からの仲間なんですけど、彼がみんなに「いや、三谷は本が遅い。特に今回は遅いけれども、その分いいもの書くから、待っててくれよ」ってみんなに、「まあ飲めよ」みたいな。

清水　いいこと言いますね。

三谷　「今日は俺のおごりだ」みたいなふうになったらしいですよ。

清水　小林さん、その時の請求書は三谷さんに回してくださいね。

ついでの話〈ネクタイ〉

インターネット通販サイトの「ランズエンド」によれば、農夫が刈り入れをしている時汗を吸い取る「くびまき」がネクタイのルーツだとか。英語では〝ｎｅｃｋｔｉｅ〟あるいは〝ｔｉｅ〟と表現するが、ヨーロッパではクラバット（ｃｒａｖａｔ）が主流。フランスで傭兵として雇ったクロアチア人兵士たちが、首に巻物をしているのを見たルイ十四世が「あの兵隊どもの妙な首巻はなんだ？」と尋ねたところ、「あの兵たちは何者？」と聞き違えた側近が「クラバット（クロアチア兵）でございます」と答えたところから、首の巻物が「クラバット」と呼ばれるようになったという。それを目にしたフランスの王侯貴族たちが、その美しいスカーフの巻き方を真似し、今のネクタイ・スタイルへと定着していったとか。その後、時代とともにネクタイの流行りすたりがあったが一八九七年、シアーズのカタログに「ネクタイをしていない男性は、だらしのない人」というキャッチコピーが登場。

この言葉が引き金となって本格的なネクタイ社会が到来した。ちなみに、日本人で初めてネクタイをしたのは、中浜万次郎（ジョン万次郎）だと言われている。

丹下段平の手紙だっていいじゃないですか。——三谷
段平は手紙書かなそうだね。文字がでかそうだもんね。——清水

清水　舞台の稽古が忙しいと世間でどんなことが起きてるかも知らないでしょ。
三谷　最近はテレビももう全然見てませんね。あ、あれは見ましたよ、ボクシングの亀田興毅の会見は。弟のセコンドについて反則を指示したという会見。
清水　見ましたか。
三谷　同じ「こうき」としてはやっぱり、見ないわけにはいかない。彼も僕も「三大こうき」の一人ですからね。
清水　三谷幸喜、亀田興毅。もう一人誰だっけ。
三谷　広田弘毅。総理大臣ですよ、死刑になった。
清水　え？　ほんと？
三谷　死刑になったけど立派な人なんですよ。
清水　じゃあ、無実の罪だったの？
三谷　ほぼそれに近いですすよ。戦争犯罪で裁かれてしまったんですけども、「コウキ」の名に恥じない素晴らしい方です。
清水　じゃ今回は、その二番目の「こうき」さんが裁かれてしまったわけなんですよね。

三谷　三番目の「こうき」ですけどね。生まれ順でいくと僕が二番目ですから。
清水　でも裁かれ順でいけば。
三谷　僕はまだ裁かれてはいませんけど。まだって言うのも変ですが。
清水　亀田さんのとこ、ここに来ていろいろと言われているじゃないですか。
三谷　僕は「こうき」同士だという気持ちを差し引いても、なんでみんながあんなに怒ってるのかが、わからないですね。「あれじゃ謝ったことにならない」とか。
清水　興毅さんの会見は全然、良かったんですよ。あれに怒ってる人は少ないんだけど、その前のはヤンキー性が出たっていうか。お父さんのパフォーマンスというか。
三谷　お父さん、ちょっとガン付けてましたけど。
清水　南伸坊さんがモノマネでやってたんで、笑ってしまいましたけど。
三谷　ああ、南伸坊さんの顔マネは目に浮かびますね。
清水　そういやこの間、南伸坊さんと中野翠さんと私の三人で、「文藝春秋」の対談っていうのがあったんですよ。
三谷　ミッちゃん。それは対談とは言わないんですよ。三人になると「てい談」になる。
清水　「てい」ってどういう字？
三谷　「てい」っていうのは、「新潟県」の「県」──新潟県だけじゃないですけど──「県境」の「県」っていう字にちょっと似てるやつ。中国の、お香を焚《た》くやつかな。足が三本立ってる器があるんですよ。

清水　ありそうですね。
三谷　そう。それが「鼎」っていうんですよ。足が三本あるから、三人で語り合うのは「鼎談」。
清水　ええ？　そっから来てるんだ。二人は「対談」だけど、三人以上は全部「てい談」じゃないんだ。「三」だけ？
三谷　四人以上になると、「座談会」。
清水　じゃ「てい談しましょう」って言うの？　何か、江戸っ子みたいじゃない。
三谷　「てえへえんだ　てえだんだ」
清水　やっぱり江戸っ子みたいじゃん。一肌脱ぐ感じがするから、嫌だな。
三谷　停電じゃないですからね。鼎談です。
清水　中野翠さんは亀田一家のことを切ないって言ってましたね。
三谷　切ないですか？
清水　「とにかく、親と子の絆がすごく強いから、そういうのを目《ま》の当たりにするとすごく切ないのよ、私は」って言っててちょっと新しい見方だと思った。
三谷　確かにそれはあるかも。ちっちゃい頃からボールバンバン、バンバン投げられたり、シャモと戦ったりとかしてましたもんね。
清水　知らない。そんなのあった？　シャモもてえへんだ。
三谷　何か、特別なトレーニングらしいですよ。

清水　亀田さんちのお父さんは、私たちより年下の方でしょう。
三谷　そうなんですよね。びっくりした。
清水　やっぱり『あしたのジョー』のロマンのようなものがお父さんにはあって、その父の思いをあの子たちは一身に引き受けた、っていうのが切ないかもしれません。
三谷　そういえば、亀田興毅さんがお父さんからいただいた手紙を、番組で朗読したんですよね。すごいいい内容だったんですけども、それが実は『あしたのジョー』のパクリだったたっていう話題ありましたもんね。それでまた騒がれていたけど、手紙ぐらいいいじゃないかと思った。
清水　そうですね、そこは自由ですよね。
三谷　丹下段平の手紙だっていいじゃないですか。
清水　段平は手紙書かなそうだね。文字がでかそうだもんね。
三谷　「金釘流」みたいな感じですよね。
清水　でも一番気になるのは金平さんって方ですよね。
三谷　僕もそうなんですよ。語るべきは金平会長ですよ。
清水　「なぜ痩せた?」でしょう。
三谷　あまりに風貌が違うから、最初は親子かと思ったほど。
清水　とにかくあの方のやつれ方がひどくて、あまりにもおとなしいので、みんなちょっと拍子抜けしたんじゃないかしら。

三谷　目の下のクマもすごいですよね。去年と今年じゃ同じ人とは思えないくらいですもんね。金平会長は何で痩せちゃったんですか。このことで？

清水　たしか、安藤優子さんがインタビューで聞いたら、「いろいろ心労がありましたから」みたいなこと言ってたよ。

三谷　すごいね。

清水　一番すごいジャブだな、と思ったのは、櫻井よしこさん。「私はスポーツのことはまるでわからないんだけど、この御父様は卑怯者だと思いました。卑怯者」。二度言ってましたね。やっぱ、ああいう上品な人がそういう、決定的なことをゆったりと言うっていうのはインパクトありましたね。

三谷　でもそんな櫻井さんだってウソをおつきになったことはあると思いますよ、人間だから。

清水　「ウソだぴょーん」なんて言わなそうですけどね。

三谷　やっぱりないな、あの人はウソはつかない。

清水　そんな適当な言い方しなくたっていい。いつもどうしてみんなの提灯《ちょうちん》ばっかり持って歩いてんの？

三谷　櫻井さんの声は耳に心地よいですよね。

清水　うん、上品でね。やっぱり日本語がきれいってすばらしいな、と思う時がありますよね。なのに、あの人は悪をやっつけるじゃないですか。

三谷　エイズ問題でも戦ってましたよね。

清水　三谷さんと違って大きなもの、権力のあるものに媚びないっていうか。いったい誰に影響されてあんなきっぱりとした日本女性になれたんだろうと思いますよね。

三谷　ああいう方はやっぱり、いざという時は「あたしに構わず逃げて」って言うのかな。

清水　（櫻井さんのモノマネで）「それはないですね。まず、女性からです」。役に立つモノマネでした。ありがとうございました。

ついでの話〈鼎談〉

「鼎談」のルーツは鼎《かなえ》と呼ばれる三足の土器に語源を発し「三者が向かい合って話し合うこと」を意味する。鼎は、鍋状の器に一対《いっつい》の耳と中空の三本脚をつけた、大きな金属製の容器。耳は棒を通して持ち上げるために使い、足は下から火を焚いて中の肉類等を煮るために使われた。『鼎立《ていりつ》』という語があるように、三者が互いに向かい合って立つことを意味する鼎は『三足にして両耳あり、五味を調和する宝器』とされてきた。オンエアで三谷さんが指摘したように、二人でするのが対談、三人が鼎談、四人以上が座談。ちなみにDOCOMO MAKING SENSEは、ただの雑談である。

そしたら「まだビル建ててる最中だから」って言われて。ゼロから建物を作ってますから、間に合わないっていうのがあって。——三谷

三谷さんの原稿もあっちも、締め切りギリギリなんですか。——清水

清水　ところで今回のお芝居は面白くなりそうですか？　手応えとしては。

三谷　いい作品になってると思いますね。見に来てくれますよね、清水さん。

清水　もちろんです。

三谷　芸術座っていう、商業演劇の中心だった菊田一夫先生という方が中心になってやってた劇場が、新しくなるんですよ。

清水　芸術座に見に行きましたよ、森光子さんを。

三谷　「放浪記」といえば芸術座。

清水　あそこがなくなるの、ちょっと悲しい感じですよね。

三谷　まぁね。もう、全部壊して、全く新しく作ったんですけども。ステキな劇場ですよ。

清水　えらいしゃれた名前になったよね。

三谷　「シアタークリエ」。クリエーションの、クリエ。

清水　使い勝手、いいですか。

三谷　まだ使ってないけどね。

清水　ええ？
三谷　今はまだ稽古中ですから。
清水　だから、シアタークリエで稽古中でしょう？
三谷　僕もそう思ってたんですよ。こけら落としだから、初めて僕らが使う劇場だから、稽古とかでき放題だと思ってたら。
清水　それこそ無限にありそうですよ。
三谷　そしたら「まだビル建ててる最中だから」って言われて。ゼロから建物を作ってますから、間に合わないっていうのがあって。
清水　三谷さんの原稿もあっちも、締め切りギリギリなんですか。手抜きしないと。
三谷　もうだから、似たり寄ったりっていうか。
清水　認めちゃいましたね、今。白状しましたね。九時三十七分、確保。
三谷　何がですか。
清水　三谷容疑者を確保しました！　手抜きを白状。
三谷　芝居も建物も手抜きは一切ありませんよ。今、確保で思い出したけど、「振り返れば奴がいる」っていうドラマを書いた時の話です。医者のドラマなんですけど僕は、医学のことなんか全くわかんなくて、資料っていったら『ブラック・ジャック』しかなかったんですよ。
清水　また、ひもじいですね。その資料も。

三谷　いや、『ブラック・ジャック』は何がいいかっていうと、絵でわかるから。本で読んでもどういうものかさっぱりわかんないんですよね。「カテーテル」とかは何となくわかるけども、「人工心肺」とかは、大きさも全くわかんないから書きようがないわけですよ。マンガ見ると「あ、こういうものなのか」「手塚先生だからウソは描かないだろう」みたいなのがあるんで参考になりましたね。

清水　『ブラック・ジャック』をパクった過去の犯罪まで白状してるわけですね。

三谷　パクってはいないですよ。ワンクール、本を書かせていただいたんですけど。書いてて一番わかんなかったのは、「血管確保」っていう言葉なんですけど。清水さんはナースの役をよくやられてますよね。

清水　はい。私も撮影前には、いろいろ医学の本読んでね。

三谷　「血管確保」ってセリフありました？

清水　何度か言ったかも。

三谷　でしょう。緊急で患者さんが運ばれてきた時に、まず何やるかっていったら。

清水　血管確保なんですよね。

三谷　一応資料とか調べて、「血管確保なんだな」っていうのがわかって、「血管確保する織田裕二」とかってト書きを書くんですけども。

清水　「血管確保キターッ」って叫ぶ。

三谷　セリフで「確保しました」とかって書くんだけど、それが何やってるのかよくわかん

清水　なかったんですけども、どういうことなんですか。確保するって、どっか行っちゃうってこと？
清水　私のイメージでは、まずどんな大けがしても、ここをグイッと、ゴム管みたいなやつで縛らなきゃいけないじゃん。
三谷　うん、それは血管が浮き出ること？
清水　浮き出ますけど、悪い血がこっち行かないから。それが血管確保と思ってましたけどね。
三谷　僕のイメージだと、例えば「ドジョウ確保」とか言ったら逃げてるドジョウを捕まえるのが、確保じゃないですか。
清水　ドジョウを血管とすると、ドジョウだけ捕まえられないじゃないですか。だから川ごとドジョウが流れてるね、河川敷ごと、グイッとやらないと。そうするとドジョウもさ。
三谷　でも、それは厳密に言うと「血液確保」じゃないですか。
清水　血液の流れ、確保でしょう。血流確保っていうのかな。
三谷　流れ確保、ってこと？　どういうこと？
清水　あ、今正解がスタジオに参りました。さすがネットの時代ですね、早いです。「血管確保、イコール点滴の用意」。
三谷　全然違うじゃないですか。ええ？　点滴用意！　っていうことなんだ。

清水　「注射針を静脈内に穿刺《せんし》、留置し、救急事態に備えていつでも点滴などの静脈注射をできるように準備すること」だって。

三谷　「点滴準備」できました、のほうがわかりやすいですよね。

清水　ドラマ、大丈夫なの？　織田さんも間違えてなかった？

三谷　もう十五年ぐらい前ですからね。

清水　最近の医学ドラマはすごいですよ。ほら今流行のドラマとか。

三谷　ここんとこテレビ見てないんですけど。

清水　ほら、四文字くらいで英語で、一話完結の。

三谷　「ガリレオ」？

清水　そう「ガリレオ」。今のヒントでよくわかったね。

三谷　四文字ぐらいでって、四文字ですけどね、それに医学の話じゃないし。

清水　「ガリレオ」みたいなドラマ、書けないでしょう。一回、ああいうやつ書いてくださいよ。

三谷　でも「ガリレオ」は、原作がありますからね。

清水　ええ？　パクったの？

三谷　パクったわけじゃないですよ。原作を脚色したんです。

清水　あ、そうなんだ。

三谷　あれはだって、有名な、東野圭吾さんが書かれた原作がありますもん。

清水　じゃあ、ぜひ東野さんみたいな本を書いてもらいたいですね。
三谷　小説は書けないなぁ。
清水　お芝居はスラスラ書けるのにね。不思議だね。
三谷　芝居でいうと一つ、セリフで悩んでる部分があって。意見をうかがいたいんですけども。
清水　聞いてください。はい。
三谷　津軽出身の女性がいる設定があるんです。その人に急遽《きゅうきょ》、「三味線を弾け」っていう指令が出るんですよ。
清水　津軽三味線で有名だからね。
三谷　「お前、津軽の出身なんだから、三味線弾けるだろう」って言われた時に彼女が津軽弁で「津軽出身だからといって津軽三味線弾けるとは限らないよ」って言うんですけど、そこで何か例を出すんですよ。「何とかだって何とかできないことがあるじゃない」って。例えば「陰気なイタリア人だっているんだ」みたいな。
清水　なるほどね。陽気なイメージがあるけど、イタリア人にだって暗い人もいる。
三谷　としてたんですけど、ちょっとその子のキャラクターじゃないので他の例を探しているんですけど。
清水　じゃあ私が、今すごくいいのを思いついたらパンフに名前載る？　「作・三谷幸喜」の横にちっちゃく連名で「清水ミチコ」。

三谷　だったら、ダイアローグでもいいですよ。よくアメリカの映画にありますけど。脚本家、シナリオライターの他にセリフだけ考える人がいるんですよね、ダイアローグライター・清水ミチコ。
清水　ダイアローグ、好きな言葉です。
三谷　ものによってはクレジット、考えますよ。
清水　じゃあね、「ハロウィン嫌いなアメリカ人だっているということをお忘れなく」とかね。
三谷　設定としては、明治なんですよ。その子はずっと津軽で育ったっていうこともあってあんまりしゃれたことは言えないっていうか、知らない設定なんですよね。
清水　じゃ「納豆嫌いな茨城県人だっているんだよ」っていうの、どうですか。
三谷　ちょっといいですね。
清水　すいません、放送作家のマツオカさんの受け売りでした。
三谷　パクったな。オリジナルはないんですか。
清水　これ実話なんですけどどうですか。「鵜飼いを見たことのない岐阜県人だっているんだよ」。私のことなんですけど。
三谷　どうかなあ、あらゆる面でマイナーな感じがしますね。
清水　山下洋輔さんも言ってたけど、鵜飼いって意外と岐阜の人は見たことない。船に乗ったことないわけ。

三谷　東京にいる人が東京タワーに行かないのと近いのかな。

清水　うん。観光客のもんだって感じかな。で、山下洋輔さんが岐阜行った時に、鵜飼いの船に乗ったんだって。そしたら初めは「鵜が可哀想だ」と思って乗るのに、実はすっごい獰猛《どうもう》なんだって。どっちかっていうと鵜のほうが「ついて来い、コラァ」みたいな感じでグイグイ行くんだって。

三谷　鵜が？（笑）全然、そういうイメージじゃないな。

清水　でしょ。鵜が野蛮な鳥だってことが広まったら、鵜にはイメージダウンよね。それ聞いたら、逆に私は見に行きたくなっちゃったけど。

三谷　鵜飼いといえば、チャップリンが日本に来た時に船に乗ってるんですよね。だからチャップリンは見に行ってるんです。それって地元では有名な話？

清水　うん。チャップリンは日本に着いて、すぐ岐阜に直行して鵜飼いを楽しんだというのが、私たち岐阜県人の誇りですけど。

三谷　すぐじゃないと思いますけどね。

清水　鵜飲みにしなさいよ（笑）。

三谷　最初の質問に戻るんですけど。もうギブアップと考えていいわけですか。

清水　うん。ちょっと飽きてきた。っていうか、やっぱり思いつかないけど、でも県民性を出すのはいいんじゃない。

三谷　鵜だったら「魚の嫌いな鵜もいる」っていうのは？

清水　ピンと来ないな。まどろっこしいっていうか。
三谷　「魚を縦に飲む鵜もいる」
清水　普通、縦でしょう。
三谷　そうか。「じゃ、横に飲む鵜もいる」。
清水　いないしね。まず、リアリティがないと。
三谷　稽古場ではどうしてるかというと、あんまり面白くないんですけど、「木登りの下手な猿もいれば」みたいな。「方向音痴な犬もいる」みたいなことにしてるんですけど。これももう一つでしょう。
清水　でも、そこのたとえって、割とストーリーを壊さずに、笑えないといけないとこだから。
三谷　難しいんですよ。その子のキャラクターもありますからね。
清水　その人、誰がやるんですか。
三谷　堀内敬子さん。
清水　美人さんだ。
三谷　はい。「コンフィダント・絆」にも出てくれた彼女がやります。じゃあもうギブアップでいいですね。聞かなきゃよかったね。
清水　「モノマネが下手なときの清水さんもあるんだよ」
三谷　……。

清水　すみません。自爆しました。
三谷　言葉としても変だし、時代設定としてもおかしいし。どうしようもないですね。
清水　ちょっと待って。たとえば、お寿司とか、観客がみんな知ってるようなものでたとえるのはどう？
三谷　いいですね。
清水　そうでしょう。「寿司が握れない寿司職人だっているんだ」。
三谷　それじゃ、お店つぶれちゃいますよ。
清水　「牛乳アレルギーの酪農家だっているんだ」
三谷　その時代に牛乳アレルギーという言葉があったかどうか。
清水　思い切って「笑わせる三谷幸喜の作品だってあるんだ」。
三谷　もういいです。決めました。「納豆の嫌いな茨城人もいる」。
清水　ちょっと、それじゃ、マツオカさんのじゃん。
三谷　マツオカさん、名前出してもいいですか。
清水　名前出すっていうのは私のアイデアだからな。だから（案）でつけてよ。
三谷　作・三谷幸喜　ダイアローグ・マツオカさん。名前出す案・清水ミチコ。ややこしいな。
清水　作・三谷幸喜を削っちゃえばいいんじゃない？
三谷　ぜひ、見に来てください。

ついでの話〈納豆〉

蒸し大豆に麦と麹《こうじ》を加えて発酵させ、塩水につけ、重石《おもし》をして熟成させたのち、香辛料を加えて乾し上げた食品（広辞苑第六版）。茨城県は、もともと納豆の材料である大豆の産地として知られ、農家などで納豆作りが盛んであった。また東京との間を結ぶ常磐線の開通後、水戸駅のホームで販売され始めると、一躍水戸の名物として知られるようになった。二〇〇六年度の総務省の統計調査によると、一家族あたりの納豆の年間支出金額一位だったのは水戸市。市内の小中学校では、給食に納豆が出るという。（「こどもアサヒ」より）

本書は「DOCOMO MAKING SENSE」（J-WAVE）の二〇〇六年七月～十二月放送分を加筆再構成したものです。

構成　松岡昇

〈著者紹介〉
三谷幸喜　1961年東京都生まれ。日本大学芸術学部卒業。脚本家。在学中の83年に「東京サンシャインボーイズ」を旗揚げ。同劇団は95年より30年の充電期間に入る。以後、テレビドラマ、舞台、映画と多方面で執筆活動中。著書に『三谷幸喜のありふれた生活』『オンリー・ミー』などがある。
清水ミチコ　1960年岐阜県生まれ。文教大学短期大学部卒業。タレント。86年にライブデビュー。独特の音楽パロディーやモノマネで注目を集める。以後、テレビ、コンサート、CD制作など多方面で活躍中。著書に『私の10年日記』、CDに『歌のアルバム』『リップ サービス』などがある。

かみつく二人
2009年6月10日　第1刷発行

著　者　三谷幸喜　清水ミチコ
発行者　見城 徹

GENTOSHA

発行所　株式会社 幻冬舎
〒151-0051　東京都渋谷区千駄ヶ谷4-9-7

電話：03(5411)6211(編集)
03(5411)6222(営業)
振替：00120-8-767643
印刷・製本所：中央精版印刷株式会社

検印廃止

ISBN978-4-344-01680-4 C0095
幻冬舎ホームページアドレス　http://www.gentosha.co.jp/

この本に関するご意見・ご感想をメールでお寄せいただく場合は、comment@gentosha.co.jpまで。